D

ERNST MOLDEN

DAS NISCHENVIECH

DIE WILDEN TIERE MEINES LEBENS

Mit Illustrationen von Helmut Pokornig und
einem Nachwort von Carl Manzano

Deuticke

Ernst Moldens Tierkolumnen sind zuerst
im *Universum Magazin* erschienen.

Gefördert von der Kulturabteilung
der Stadt Wien, Literatur

1. Auflage 2019
ISBN 978-3-552-06393-8

Satz: Angelika Kudella, Köln
Autorenfoto: © Magdalena Blaszczuk
Umschlag: Veronika Molden, Wien
Illustration: © Helmut Pokornig
Druck und Bindung: GGP Media GmbH, Pößneck
Printed in Germany

FSC
www.fsc.org
MIX
Papier aus verantwortungsvollen Quellen
FSC® C014496

Frühling

GROSSER BRACHVOGEL

Es gab eine Zeit, da saß man mit Leerkassetten vor den Radioprogrammen und nahm Musik auf. Man setzte sich die Welt durch Kopieren der Wellen im Äther zusammen. Die Hochzeit meiner Aufnahmetätigkeit auf einem alten Philips-Rekorder lag in den Jahren 1979 bis 1981, als ich elf bis dreizehn war. Und das wildeste Stück, das ich damals aufgenommen habe, hieß »Hells Bells« und stammte von AC/DC. »Hells Bells« beginnt mit dem Läuten einer Riesenglocke, Wolf Haas würde sagen: Pummerin Hilfsausdruck dagegen. Der Vier-Zoll-Lautsprecher meines Rekorders bröselte unter dieser Glocke, und ich habe selten ein ähnliches Gefühl von Verwegenheit gespürt wie beim Lauschen dieser infernalischen Glocke und des folgenden Riffs von Angus Young.

Heute weiß ich: Es gibt dazu ein antagonistisches Geräusch, und zwar ein tönernes Pfeifen, ähnlich dem Sound jener kleinen Wasser-Triller-Flöten, die man den Kindern am Kalvarienberg schenkt. Dieses zarte Lied wird von *Numenius arquata* gesungen, dem großen Brachvogel. Ornithologen haben diesen Ruf literarisiert und ihn als »Kuri Li« beschrieben. Der Brachvogel gehört zu den Schnepfen, ist ein hübscher Geselle mit einer Spannweite von bis zu einem Meter, sein dünner Schnabel ist in eleganter Mieselsucht nach unten gebogen. Einst besiedelte er in zwei Unterarten ganz Eurasien, heute ist er selten, denn Heiden, Steppen und Marschen verschwinden allerorten.

Die Hardrocker von AC/DC, längst betagtere Herren, und der Brachvogel stehen vor einer schicksalhaften Begegnung. Ausgerechnet am Welser Flugplatz, wo auf den ruhigen, weiten

Wiesenflächen der Brachvogel ein Brutgebiet hat, sollen im Frühjahr AC/DC auftreten. Im Vorfeld bekriegen einander Vogelschützer, Fans und Veranstalter.

Ich behaupte ja: Die Welt braucht beides. »Hells Bells« und »Kuri Li«.

Eine lokale Verlegung des Konzertes wird gerade erwogen.

TAGPFAUENAUGE

Der hiesige Frühling hat diverse Signale, die mich erreichen: Da ist dieses erste Vergessen des Schals auf der Vorzimmerbank, das meinem jüngeren, an sich immer perfekt ausstaffierten Sohn irgendwann Ende Februar, Anfang März passiert. Da ist das verlässliche Aufsperren des unschätzbaren Eissalons »Dolomiten« bei uns in der Erdberger Baumgasse. Da ist meine erste Ausfahrt mit meinem schweren Fahrrad in das nächstgelegene Grüngebiet, den Grünen Prater. Dort sitze ich dann auf Bankerl oder Baumstamm und experimentiere, wie viele Teile meiner Oberbekleidung ich in der noch niedrig stehenden, aber entschlossenen Märzsonne ablegen kann, ohne zu frieren. Am bisherigen Rekordtag schaffte ich es, im Unterleiberl dazusitzen und die nackerten Füße ins von hochzeitenden Kröten durchpflügte Wasser des Altarmes zu stecken.

Überhaupt, die Viecher! Auf sie alle fällt mein Blick, und sie, nur sie bieten die Gewissheit, dass dieser Lenz real ist und nicht nur eine aus meinem Winter-Überdruss geborene Phantasmagorie. Die Meiserln im Weidengezweig. Der Lurch zwischen seinen Laichschnüren. Die Prozession der Feuerwanzen im toten Holz. Und dann schließlich der letzte, der schlagende Beweis: das Tagpfauenauge *(Aglais io)*, das sich ganz langsam aus seinem Winterquartier in irgendeinem feuchten Hohlraum hervorschleppt.

Das Tagpfauenauge, es ist der Dorian Gray unter den Insekten, der Dandy, der selbst in diesem ein bisschen zerfetzten und abgerissen-postwinterlichen Zustand noch seine ganze Eleganz ausstrahlen kann. Langsam wie winzige Ganghebel bewegen sich die Fühler auf und ab, ein Rucken geht durch den Rumpf, und die Flügel, von außen wie gatschfarbene Papiertaschentücher, klappen plötzlich auf. Und da ist er, der erste Blick des österreichischen Frühlings aus gleich vier bläulich irisierenden Augen auf orange-bräunlichem Grund.

Aglais io gehört neben Kleinem Fuchs, Distelfalter und Admiral zu den archetypischen Spezies der heimischen Edelfalter. Im Gegensatz zu vielen seiner Verwandten ist er von den Auswirkungen der modernen Landwirtschaft nicht bedroht, im Gegenteil: Die Hauptnahrung seiner Raupen sind nämlich Große Brennnesseln, und genau sie gedeihen auf den stickstoffreichen Böden, die vielen anderen Arten zum Problem werden, besonders gut.

So sieht man das Tagpfauenauge noch immer durch unsere Lande flattern, jedes Jahr in zwei Generationen, die erste von Juni bis August, die zweite bis in den Oktober hinein, gern an Blumen wie der Kratzdistel oder Sträuchern wie dem Schmetterlingsflieder haltmachend. Derweil schmaust der Nachwuchs an der Brennnessel, die Raupen sind nicht klassisch schön, aber dennoch beeindruckend. Schillernd schwarz und dornig wirken sie wie Rosenzweigerln, die man in Teer gewälzt hat. Gegen seine Fressfeinde hat der Falter zwei Strategien: Bei den Mäusen reicht schon das feine Zischen, das beim Aufklappen der Flügel entsteht. Und bei den Vögeln hilft dann der Blick aus den vier blauen Augen.

ROTFUCHS

Mit unseren Kritzendorfer Freunden und ihrer wunderschönen Huskydame machten wir unlängst einen Spaziergang aus dem Donautal in den Wienerwald um Hadersfeld, wo die Buchenstämme silbern und postwinterlich herumstanden wie die Beine riesenhafter, regungsloser Elefanten. Je tiefer wir in den von Leberblümchen durchsetzten Wald kamen, umso unruhiger wurde der Schlittenhund, strich rastlos umher, wühlte im Laub, gab abwechselnd kleine knurrende oder winselnde Geräusche von sich. Die Füchse, sagte unser Kritzendorfer Freund, die sind grad überall, sie riecht sie.

Und plötzlich, an einer Stelle unterhalb jener drei rätselhaften Kruzifixe, die sich da oben an einer Wegkreuzung gegenüberstehen, stieß der Hund auf die Eingänge des Fuchsbaus. Es waren niedrige Höhlenpforten, viel zu eng für die Hündin. Davor war noch die frische Erde von kürzlich erfolgten Bauarbeiten zu erkennen. Der Husky steckte seine Schnauze in heller Aufregung in die Löcher, rannte wie verrückt von Eingang zu Eingang und wälzte sich dazwischen auf dem Waldboden, als wäre das eine Möglichkeit, in die geheimnisvolle, heißbegehrte Unterwelt einzudringen, in der seine wilden Verwandten hausten.

Ich musste an Jack Londons wunderbares Buch »Ruf der Wildnis« denken, in dem ein amerikanischer Husky zu den Wölfen will. Dieser niederösterreichische Husky wollte zu den Füchsen. Die innere Befindlichkeit musste eine ähnliche sein.

Als wir da spazieren gingen, Anfang März, herrschte noch die Ranzzeit des Rotfuchses *(Vulpes vulpes)*. In diesen Wochen des Spätwinters zieht der mehrere Wochen lang paarungsbereite

Rüde geduldig der Fähe hinterher, die nur ein bis zwei Tage lang hochzeitswillig ist. Ist die Paarung glücklich vollzogen, zieht man sich in den Bau zurück, wo die Fähe gegen Ende April vier bis sechs wollig graue Welpen zur Welt bringt. Der Rüde hilft bei der Aufzucht. Erst nach knapp zwei Wochen öffnen die Jungtiere die Augen, nach weiteren zwei bis drei Wochen werden sie nicht mehr gesäugt und verlassen den Bau. Bis zum Ende des 20. Jahrhunderts hielt man *Vulpes vulpes*, das hundeartige Raubtier, das auf fast der ganzen nördlichen Halbkugel heimisch ist, für einen ungeselligen Einzelgänger. Heute sieht man das anders. Rotfuchsfamilien teilen sich sehr wohl Reviere, was wohl auch damit zu tun hat, dass sich beim Kulturfolger Fuchs das Territorialverhalten in den vergangenen Jahrzehnten deutlich geändert hat. Bejagt ein Fuchs in der kanadischen Wildnis ein Revier von bis zu zweitausend Hektar Größe, kommt der abendländische Stadtfuchs mit zwanzig Hektar aus. Dem reichen Nahrungsangebot folgend ist das Raubtier den Menschen in die Städte gefolgt, selbst im Wiener Stadtpark finden sich Fuchsbauten.

Über all das dachte ich nach, als wir mit der schönen Huskydame ins Haus unserer Freunde zurückkehrten. Ihr Herr wies resigniert auf mehrere tiefe Gruben, die der Hund im Garten ausgehoben hatte.

Ruf der Wildnis, sagte ich, und der Husky äußerte ein ungeduldiges Geräusch.

GELSE

Ende April, und in der Donauau, wo ich von allen Orten auf der Welt am liebsten bin, fliegen die ersten Gelsen. Man sieht sie so richtig kommen, denn sie sind noch sehr langsam. Eigentlich herrscht ja trockenes Wetter, windig ist es auch und noch gar nicht so warm, aber trotzdem kommen sie auf einmal aus dem gatschigen Uferboden und aus den porösen, verfaulenden Baumstämmen heraus. Wintermüde Traumtänzer, ganz behäbig, in scheinbar unbestimmter Richtung unterwegs.

Ich liebe diese ersten Gelsen, und ich gestehe: Ich liebe sie deshalb, weil sie so leicht zu erschlagen sind. Sie kriegen noch eine Chance. Manchmal nämlich landet so eine Gelse, die ich längst bei ihrem holprigen Anflug verfolgt habe, auf meinem Handgelenk. Sie setzt sich hin, stellt ihre Facettenaugen auf meine Haut scharf, setzt den Stechrüssel an und sticht dann nicht. Noch scheint sie zu postwinterlich schwach. Unter großer Anstrengung fliegt sie wieder fort, um sich irgendwo zu sammeln. Andere stechen doch zu, und die spüren meine Rache. Sie erschlage ich, ja, erfolgreich und mit einem Gefühl der Genugtuung. Als eine vorweggenommene Revanche für das böse Tun ihrer vielen, vielen Artgenossen, die mir im Laufe des folgenden Sommers entkommen werden, nachdem sie einen Blutstropfen von mir gestohlen haben.

Dabei bin ich eh der Gelsen-Phlegmatiker innerhalb unserer Familie. Namentlich nach einem oder gar zwei Bieren sind die Mücken mir zusehends wurscht, ich erschlage sie dann weniger, als ich sie in halbvollgesogenem Zustand geistesabwesend von meinem Unterarm wische, unter Hinterlassung kleiner Kondensstreifen aus Blut. Die Frau, der meine große Liebe gilt, ist von den zarten Zweiflüglern viel leichter aus der Ruhe zu bringen. Dieser Tage bricht sie bereits in Apotheken und Drogeriemärkte auf, um sich mit diversen Antigelsenpräparaten einzudecken. Ich nehme davon nur das gute alte Zedan, von dem es heißt, es würde fäulen. Ich finde ja, es riecht ganz gut. Und wirklich nützen tut eh nix.

Culex pipiens, auch bekannt als Gemeine Stechmücke oder Nördliche Hausmücke, ist der in unseren Breiten am weitesten verbreitete Quälgeist aus der Familie der Stechmücken. Zusammen mit ihrer größeren Cousine *Culisetta annulata*, der Ringelmücke, mit der sie auch in Vergesellschaftung lebt, ist sie für drei Viertel der hiesigen Mückenstiche verantwortlich. Wie bei allen Stechmücken saugt auch bei *Culex pipiens* nur das Weibchen, und zwar unmittelbar nach der Paarung. In diesem Augenblick nämlich braucht der weibliche Gelsenorganismus Blut, um zur Eiablage schreiten zu können. In den anderen Abschnitten ihres kurzen Lebens machen sie es wie die Männchen der eigenen Art und leben von Pflanzensäften. Gelsenmänner erkennen Gelsenfrauen übrigens am etwas tieferen Gesumm ihres Fluges, das etwa bei 350 Hertz vibriert. Befruchtete Weibchen legen bis zu dreihundert Eier, zu sogenannten Schiffchen zusammengeklebt, im Wasser ab. In knapp drei Wochen werden das fertige kleine Quälgeister sein, und sie werden aufbrechen, frohen Mutes, direkt zu uns.

GRIZZLYBÄR

Der prototypische amerikanische Bär war lange Zeit nach dem 26. Präsidenten der Vereinigten Staaten benannt: Theodore Roosevelt (1858 bis 1919), Republikaner und fanatischer Waidmann, weigerte sich im Jahre 1902 auf einer Jagd in Mississippi, einen schwächlichen Bären zu erlegen, den einer seiner Jagdhelfer zwecks präsidentiellen Abschusses an einen Baum gebunden hatte. Dieser ob seiner rührenden Ausstrahlung begnadigte Bär tauchte von nun an verlässlich auf Roosevelt-Karikaturen auf, wurde erst zu »Teddy's Bear« und schließlich zum »Teddy Bear«. Das Schicksal der großen amerikanischen Bestie: von Karikatur zu Karikatur immer kleiner und rundlicher, schließlich ein Plüschtier, alles Wilde besiegt und unschädlich gemacht vom weißen Eroberer.

Und jetzt? Wie gründlich das amerikanische Jahrhundert vergangen zu sein scheint, zeigt die jüngste Darstellung eines Grizzlys, die den Anti-Teddybären schlechthin sichtbar macht. In Alejandro G. Iñárritus Film »The Revenant« fällt eine Bärin über den von Leonardo DiCaprio fabelhaft gespielten Trapper Hugh Glass her, und dieses Tier macht in ein paar Minuten Schluss mit dem ganzen Roosevelt-Missverständnis – im Gegensatz zu anderen Plagen der Filmhandlung ist die Bärin nicht echt, aber was zählt, ist die Wirkung. Ihr Zorn, ihre Gründlichkeit in der Verheerung (des Trappers) und die Unbedingtheit in der Durchsetzung ihres Standpunktes (die Verteidigung der Nachkommenschaft) machen die Ausstrahlung vieler Millionen Teddys der letzten hundert Jahre ungeschehen.

Der Grizzlybär *(Ursus arctos horribilis)* ist eine der zahlreichen Unterarten des Braunbären. Seine Vorfahren wanderten über die Beringstraße aus Ostasien ein. Der Grizzly (wörtlich übersetzt: der gräuliche Bär) gilt zusammen mit dem Eisbären als das größte Landraubtier der Erde. Bei einer Kopf-Rumpf-Länge von über zweieinhalb Metern bringen die männlichen Bären bis zu 700 Kilogramm auf die Waage, aufgerichtet misst ein Grizzly über drei Meter. Trotz seiner Massigkeit ist der Bär dabei ungemein beweglich; laufende Grizzlys erreichen eine Geschwindigkeit von sechzig Stundenkilometern.

Ursus arctos horribilis ist ein dämmerungsaktiver Einzelgänger, zu größeren Grizzly-Gatherings kommt es allerdings zur Laichzeit der Lachse an den Flüssen des Nordens, aber auch zur Beerenreife in der Tundra. Die größten Populationen gibt es in den dünn besiedelten Gebieten Kanadas und vor allem Alaskas, wo noch bis zu 50 000 der riesigen Tiere leben sollen.

Die Szene in »The Revenant« verrät eine gewisse Wachsamkeit auf menschlicher Seite. Es ist schwer zu sagen, was aus dem großen amerikanischen Raubtier noch alles wird. Am Rande des Polarkreises ist das Phänomen aufgetreten, dass Eisbären und Grizzlys sich vermischten und gelblich gefärbte sogenannte Hybridbären hervorbrachten, die ihrerseits fortpflanzungsfähig sind.

Der Bär bleibt wild und präsent. Die historische Begnadigung des Bären durch Präsident Roosevelt war übrigens nicht von Dauer. Der enttäuschte Jagdhelfer tötete nämlich das gefesselte Tier anschließend mit einem Messer.

WASSERFROSCH

Sie sind wieder da, noch winterlich schwarz und abgemagert, noch klamm, das Größte an ihnen ist der hungrige Blick. Einst waren sie eine Art, heute bilden sie eine Gattung: die Wasserfrösche.

Der Satz, wonach die Welt früher in gewissen Dingen übersichtlicher war, betrifft diesmal den Wasserfrosch. Früher, noch in meiner Kindheit, war Wasser-, gegebenenfalls auch Teichfrosch die unmissverständliche Bezeichnung für den europäischen Frosch schlechthin (*Rana esculenta,* der essbare Frosch), den eher mittelgroßen, eher grünen Frosch, der, no na, am Wasser lebt, in welches er bei Bedrohung mit einem Riesensatz hineinhupft. Später hieß es dann, der Wasserfrosch sei eine Kreuzung, ein Hybrid aus Kleinem Teichfrosch *(Rana lessonae)* und Seefrosch *(Rana ridibunda).* Und mittlerweile haben die vor dem Übel der Verzettelung auch nicht gefeiten Systemzoologen sogar eine ganze Gattung *(Pelophylax)* eingeführt, weil bei den Wasserfröschen, wie es scheint, alles noch viel komplizierter ist.

Eigentlich wollte ich Ihnen aber schildern, wie man einen Wasserfrosch fängt, ohne Kescher. Das ist schwer, aber ich kann es. Aus Daumen einerseits und Zeige- und Mittelfinger andererseits bildet man eine weitgeöffnete Zange, die man in unendlicher Langsamkeit über den Lurch bringt. Nun muss man unterscheiden, ob der Frosch am Ufer sitzt oder im Wasser. In jedem Fall antizipiert die Zuschnappbewegung bereits die Richtung der Froschflucht – im ersten Fall nach vorn, den Sprung ins Wasser. Im zweiten Fall wird sich der Frosch, wenn er das Zupacken bemerkt, eher nach hinten und unten ins Wasser zurückziehen.

Diesen Rückzug schneiden wir ihm ebenfalls ab. Wenn wir ihn dann erwischt haben und um die Taille halten, verengen wir die Zange, ohne den Lurch zu quetschen. Nun schauen wir ihn an, sagen ein paar zärtliche Sachen zu ihm und lassen ihn wieder frei.

RINGELNATTER

Buben um die zwölf denken dauernd darüber nach, wie sie es anstellen, dass die Welt sie endlich lässig findet. Dieser Wunsch bestimmt ihre Handlungen. Ich selbst beispielsweise fing als Zwölfjähriger mit bloßen Händen eine Ringelnatter, in Hernals, beim Hanslteich. Mein Bruder und ich trieben uns im Schilf der angrenzenden Waldweiher herum, als ich sah, wie etwas Flinkes unter einem Brett verschwand. Als ich das Brett aufhob, lag sie da und schaute mich fragend an. Sie war fast schwarz, aber mit zwei dottergelben mondkipferlförmigen Flecken, die an ihrem Hals schillerten wie ein exquisites Schmuckstück: *Natrix natrix,* die Ringelnatter, in diesem Fall ein sehr dünnes Exemplar, adoleszent, also mir, dem Zwölfjährigen, ein würdiges Gegenüber. Die Verfolgungsjagd war eher kurz, wie ein Habicht stieß ich schließlich nieder, fing die Schlange, die mich in ihrer Not angackte, und verbarg sie in einem Nylonsackerl. Daheim im Garten packte ich sie aus. Einen Augenblick war ich siegreich, denn meine Mutter kreischte tatsächlich auf. Aber schon deeskalierte meine Omi: Loss eam, des is a Blindschleich! Dass das nicht stimmte, war egal: Mein Triumph war vorüber, die Panik legte sich leider. Als stille Rache an der Welt ließ ich die Natter in unserem Garten frei. Sie verschwand im Rhododendron.

Natrix natrix, die Ringelnatter, vom Angelsachsen auch Grass Snake genannt, ist Europas häufigste Schlange. Sie gehört zur Unterfamilie der Wassernattern und verhält sich auch so. Man trifft sie im Nahbereich fast jeder Art von Binnengewässern, wo sie ihrer Leibspeise nachstellt, den Amphibien. Während die Jungtiere noch Kaulquappen und Molche verspeisen, nehmen es die adulten Schlangen gar mit ausgewachsenen Erdkröten auf. Aber wie der Teufel die Fliegen, so frisst die Ringelnatter in der Not auch (fast) alles andere, von der Maus bis zum Heuschreck. Die schlanke Schlange, die ihren Namen von der obengenannten Nackenzeichnung, dem »Ringel« um den Hals, hat, wird bis zu anderthalb Meter lang. Wie alle heimischen Nattern ist sie ungiftig und scheu. In die Enge getrieben, entleert sie zunächst ihre Analdrüsen und stellt sich dann auf besonders glaubwürdige Weise tot, indem sie sich auf den Rücken wirft, das Maul aufreißt und aus diesem sogar ein paar Blutströpfchen rinnen lässt. Ringelnattern ringeln sich durch die Mythologie Europas, vom Spreewald, wo der sagenhafte Schlangenkönig herrscht, bis ins Werk der Gebrüder Grimm. Da trinkt eine Natter mit dem Kind die Milch aus derselben Schüssel. Als die Mutter das Reptil erschlägt, stirbt bald darauf auch das Kind.

Meine Natter habe ich übrigens noch einmal wiedergesehen, zwei Jahre später. Auch der Vierzehnjährige will die Welt beeindrucken, aber er tut es bereits durch Lektüre. So las ich an unserer Gartenmauer Hesse, als sich plötzlich ein dicker, schuppiger Leib unauffällig unter einem nicht minder dicken Maulbeerast vorbeischob. Ich freute mich und fand meine alte Bekannte höchst lässig. Sie mich hoffentlich auch.

KUCKUCK

Unlängst war ich im Burgenländischen zu Besuch, lag auf einer Wiese herum und vernahm mit einmal Mal den Schrei des Kuckucks. Der Kuckuck schrie aus einem Wäldchen, das die Wiese vom nahen Fluss trennte. Es war Ende Mai, die Sonne warm und schon ein bisschen sekkant, der Himmel blau und gläsern, die Akazibäume erblüht und die Seele weit. Der Kuckucksruf, in der Hauptsache fröhlich, aber doch mit einem Hauch von Wehmut, ließ mich blitzartig auf Reisen gehen, retour in der Zeit, zu den anderen Kuckucken meines Lebens. Den ersten Kuckuck hörte ich in der Wildgrube in Nussdorf, dort, wo jenseits des Baches ein Geisterhaus verfiel, in dem wir spielten. Wir lernten, dass, wenn der Kuckuck verstummte und gleich drauf ein Häher schrie, Gefahr drohte und es sich totzustellen galt. Spätere Kuckucke traf ich in der Sommerfrische in den Tiroler Bergen, da riefen stets zwei von ihnen. Einer nah, in den Bergahornen, und ein zweiter fern, in der Au. Dieser zweite Kuckuck verlängerte den Zauber des ersten ins Unendliche.

Und nun, im Burgenländischen, als ich an all dies denken musste, sprach mein ebenfalls anwesender Freund W. lapidar die alte ländliche Weisheit aus: »Da Kuckuck! Des greßte O… unter die Vegel!«

Ich verteidigte den Vogel mit derselben franziskanischen General-Zuneigung, aus der heraus ich auch Fürsprecher der Gelse bin. Aber es ist schon so: Der Kuckuck *(Cuculus canorus)* ist vielen Menschen halt unsympathisch.

Bei dem etwa taubengroßen, schlanken und prächtig braungrau gezeichneten Vogel haben wir es bekanntlich mit einem

Brutparasiten zu tun. Das bedeutet, dass das Kuckucksweibchen seine Eier in die Nester anderer Vogelarten legt, etwa in jene von Rohrsängern, Grasmücken, Piepern und Bachstelzen, aber auch zu winzigen Arten wie Rotschwanz oder Zaunkönig. Als echter Ellbogentyp rempelt der kleine Kuckuck nun nach und nach die Stiefgeschwister, ob noch im Ei oder schon geschlüpft, aus dem Nest. Ornithologen haben dabei so vordergründig unsympathische Eigenschaften wie das Anschwellen der Adern beim kleinen Täter beobachtet. Schließlich ist er allein im Nest, imitiert allerdings die Rufe der gemordeten Geschwister, um die überforderten Eltern zum Herbeibringen von noch mehr Futter zu bewegen. Nicht selten kommt es dazu, dass weitere Vögel selbst anderer Spezies ebenfalls mitfüttern, die Wissenschaft führt dies auch auf den leuchtend orangefarbenen Schlund des Kuckucks zurück, der zu starken Fürsorge-Impulsen führt.

Natürlich ist all das Anpassung, auch wenn es dem ersten Blick als Perfidie erscheinen mag. Aber leider führt gerade der erste Blick gern zur vorherrschenden Meinung, und so verwundert es nicht, dass der Kuckuck in Sprüchen wie »Weiß der Kuckuck!« oder »Zum Kuckuck mit dir!« stets und ohneweiters durch den Teufel ersetzt werden kann. Einzig das liebe Kinderlied lässt den Kuckuck zum Herold des Singens, Tanzens und Springens werden. Und Beethoven komponierte seinen Ruf in den zweiten Satz seiner sechsten Sinfonie, der »Pastorale«.

Die er nämlich wo geschrieben hat? In der Wildgrube.

AMSEL

Einst, Jahrzehnte ist es her, lebte ich im ersten Bezirk und hauptsächlich nachts. Ich begann meine Werktage am späten Nachmittag mit einem Dejeuner im Café Prückel und beendete sie im Morgengrauen zur Sperrstunde des legendären Lokals Die Bar. Kehrte ich nach Hause zurück, hörte ich eine Amsel, sofern es Frühling war oder Sommer. Die Amsel sang in den Sträuchern vor der Jesuitenkirche. Voll der Sympathie schritt ich jedes Mal an ihr vorbei. Mochte mein Tag auch enden und ihrer beginnen: Schwarz angezogen, munter und fidel waren wir beide.

»Blackbird singing in the dead of night«, verkündeten die Beatles lapidar, damit die hauptsächliche Erscheinung der Amsel für uns Menschen festhaltend: Sie kündigt den Tag an, noch ehe dieser dämmert. Das kann einem gefallen oder auch nicht. H.C. Artmann wiederum hat in seiner »schwoazzn dintn« die größtmögliche menschliche Verlorenheit in dieser namenlosen Morgenstunde festgemacht: aum eaxtn is s ma r one dia / um fire in da frua / waun d easchtn aumschln schrein (…)

Es dürfte also Ansichtssache sein: Ich mag *Turdus merula* wirklich gern. Die Schwarzdrossel oder Amsel ist einer der verbreitetsten Vögel der Welt. Allein der europäische Bestand wird auf eine Viertelmilliarde Individuen geschätzt, Amseln sind neben Tauben, Spatzen und Krähen wohl jene Vögel, die auch ein noch so verstädtertes Kind beim Namen nennen kann. Im Gegensatz zu fast allen anderen Wildtieren des Kontinents hat dessen zunehmende Urbanisierung die Amsel häufiger gemacht statt seltener, gerade in den Ballungsräumen. Rarer geworden ist sie eher auf dem Lande, wo Pestizide das Nahrungsangebot verringern und das Verschwinden von Rainen und Feldrändern die Nistgebiete unattraktiver macht. Wo der Mensch hingegen haust, folgen ihm auch die Aumschln nach, in Gärten, Parks und selbst ins Gewirr noch so grauer Hinterhöfe. Hier gehen die flexiblen Allesfresser ihrem Nahrungserwerb nach, hier bauen sie ihre Nester, legen ihre vier bis fünf grünlichen Eier, ziehen ihre Jungen groß. Die meisten Amseln fühlen sich in unserem Umfeld so wohl, dass sie das Zugvogeldasein aufgegeben haben. Nur noch ein Viertel der Population überwintert anderswo, beispielsweise in Italien.

Am bekanntesten ist die Amsel für ihren Gesang, der auch in die höchste europäische Kultur Einlass gefunden hat. Richard Strauss hat das Amsellied im »Rosenkavalier« zu Beginn des ersten Aktes untergebracht, gespielt wird es, mehr oder minder realistisch, von der Klarinette. Auch Hans Tiessen, der die Amsel als den »musikalisch höchststehenden Singvogel Mitteleuropas« bezeichnete, und Olivier Messiaen komponierten Amselmotive. Ornithologen gehen heute davon aus, dass das Lied der Amsel nicht erlernt wird, sondern in Grundzügen angeboren ist. Die Strophen des Gesangs werden in »Motivteil« und »Anhängsel« unterteilt.

Heutzutage ist mein Leben doch anders geworden, aber die Amsel begleitet es noch immer. Allerdings steht ihr Song nun am Anfang meiner Wachphase statt an deren Ende. Ehe ich die Kinder zum Schulgang wecke, gehe ich aufs Häusl, und von dort aus kann man *Turdus merula* singen hören. Wie seinerzeit stimmt mich das Lied festlich und dennoch leicht.

WELS

Ich höre, dass die Wiener Umweltstadträtin im kommenden Juni einen biologischen Bodenfilter für die Alte Donau in Betrieb gehen lässt. Dies stimmt mich froh, denn erstens schwimme ich gern in diesem hübschen Altarm, und zweitens ist frisches Wasser eine schöne Perspektive für den größten Süßwasserfisch, den ich persönlich je gesehen habe, meinen höchstpersönlichen Riesenwels aus der Alten Donau. Damals, es war im Juli des Zehnerjahres, besuchte ich mit meiner Liebsten und unseren Kindern das Bundesbad und schwamm zu jener Bojenkette hinaus, die den Schwimm- vom Schifferlbereich trennt. Dort verankerte ich mich selbst und betrachtete das bruegelsche Treiben auf dem hochsommerlichen Binnengewässer. Ich sah zwei Männer in einer kleinen Zille, die plötzlich ruckartig mit Angel und Netz etwas aus dem Wasser hoben. Es war ein mindestens anderthalb Meter langes Exemplar der Spezies *Silurus glanis*, ein Europäischer Wels. Die Männer legten den Fisch mit einer großen Zärtlichkeit auf dem Deck ab, einer hielt ihn fest, der andere vermaß ihn. Zuletzt setzten sie das riesige Tier wieder ins Wasser, wonach er mit einer Welle, die eines Nilpferds würdig gewesen wäre, wieder zum Grund abtauchte. Ich werde nie das Gesicht des Welses vergessen, ehe er verschwand: eine Mischung aus Stoizismus und Weltverachtung, großartig.

Meine liebe Großmutter erzählte mir gern von einem kapitalen Wels, den sie als Mädchen sah, weil ein befreundeter Apotheker und Angler seinen Fang in seiner Apotheke ausstellte. Auf meine Frage, wie kapital genau der Fisch gewesen sei, sagte sie stets: Länger als der Apotheker!

Der Wels ist Europas größter, ausschließlich im Süßwasser lebender Fisch, an Ausdehnung übertroffen wird er lediglich von Vertretern der Familie der Störe, die allerdings Wanderer zwischen Fluss und Meer sind. Man nimmt heute an, dass Silurus glanis Längen von bis zu drei Metern erreicht und ein Gewicht von bis zu 150 Kilogramm. Berichte aus der frühen Neuzeit, die in Donau, Oder und Elbe Welse von bis zu fünf Metern beschreiben, werden heute von den Anglern dahingehend kommentiert, dass solche Fische heutzutage eben nicht mehr vorkämen, während die Zoologie eher der Ansicht ist, dass die Messungen heutzutage genauer sind. Das dokumentierte Höchstalter liegt für einen Wels in Freiheit bei achtzig Jahren, Schätzungen weisen bis in den dreistelligen Bereich.

Welse sind extrem kopflastige Wesen, die enormen Schädel mit den breiten Mäulern machen bis zu einem Viertel der Körperlänge aus. Am Maul befinden sich je ein Paar lange und kurze Barteln, die zum nächtlichen Ertasten von Umwelt und Beute im Wasser dienen und nicht nur mit hervorragendem Tastsinn, sondern auch mit Elektrorezeptoren zum Erspüren von Mahlzeit und Bedrohung ausgerüstet sind. Welse sind sogenannte opportunistische Raubfische, die neben erjagten Fischen, Amphibien und Krustentieren auch alles andere fressen, was lebend oder tot im Wasser liegt.

Als Kinder waren wir natürlich überzeugt, dass der Wels ein Menschenfresser ist. Stimmt nicht, aber im jugendlichen Alter schmeckt er außerordentlich gut.

FELDMAUS

Jetzt kommt der Frühling, und es ist viel Schnee zum Wegschmelzen da. Im heil'gen Land Tirol geht der Schnee jetzt allmählich von den Wiesen weg. Darunter: Landschaften der Überraschung! Polster aus altem sandfarbenem Gras und die Spitzen des neuen, feist, entschlossen, osternestgrün. Und dazwischen diese Haufen. Ja, es sind Haufen, irdene Bletschn, ungestalt und flach, schon auf den ersten flüchtigen Blick zu unterscheiden von den spitzkegeligen, geradezu hübschen Hügeln des Maulwurfes. Die bewussten Haufen gehören einem der häufigsten Säugetiere des Landes, der Feldmaus *(Microtus arvalis)*. Zwischen den Haufen ziehen sich wurmartige Korridore aus Erde dahin, wo die Feldmäuse ihre Oberflächengänge gegen den Schnee gedeckt haben. Es ist ein ausgedehntes, mindestens wiesenweites Imperium, die Kolonie der Feldmäuse. Und was den Bauern und den Gärtner fuchst, das freut mich, den Romantiker, den Wald- und Wiesenfreak. Für mich gehören diese ausapernden Erdbauten ebenso zum Frühling wie die Himmelschlüsserln dazwischen. Ich grüße die Primel, die Schwalbe und den Storch mit derselben Empathie wie eben die »Scher«, wie die Feldmaus im bewussten Tiroler Dorf genannt wird.

Ich muss auch immer an die beiden Katzen denken, die wir hatten, als mein Bruder und ich kleine Buben waren. Diese Katzen fingen niemals jene Hausmäuse, die in der Speis in die Kisten mit dem Manner-Schnittenbruch eindrangen und dort kleine Gackbemmerln zurückließen. Vielmehr legten sie uns stets entweder schwarzseidige Spitzmäuse oder eben die feisten Feldmäuse vor die Tür, wobei mich, den juvenilen Tolkien-Leser, Letztere besonders dauerten, weil sie mich an die Hobbits erinnerten: gesellig, untersetzt, häuslich und mit behaglicher Wirkung auf die Restwelt.

Die Populationsdynamiker ordnen die Feldmäuse ganz klar den sogenannten R-Strategen zu, was ihre Arterhaltung angeht. R-Strategen sind jene Tiere, die auf eine besonders hohe Reproduktionsrate setzen. Das heißt: Günstige Umweltbedingungen wie Klima und reiches Nahrungsangebot führen zu massenhaften Vermehrungen. Im Gegensatz zu den sogenannten K-Strategen (zu denen der Mensch zählt) setzen sie beim Nachwuchs auf Quantität statt Qualität. Bei *Microtus arvalis* bedeutet das: Die Weibchen sind bereits im Alter von zwei Wochen geschlechtsreif (da werden sie selbst noch gesäugt), und es kommt dann auch hurtig zur Begattung. Ab dann kann Frau Feldmaus theoretisch alle zwanzig Tage neuen Nachwuchs werfen, jedes Mal ein gutes Dutzend Mauserln. Finden diese üppiges Nahrungsangebot, setzt sich die Bevölkerungsexplosion ungehindert weiter fort. Das Endresultat bezeichnete man am Land draußen früher als Mäusejahr, und das war nicht mehr allzu weit von der biblischen Plage entfernt.

Und dann schweift der Blick über Mauskolonie und Wiese auf das alpintouristisch verhüttelte Dorf, und plötzlich rücken einander die R- und die K-Strategen näher, als man glauben möchte.

ZITRONENFALTER

Wenn ich mein Sommerbüro beziehe, das ist ein umgestürzter Baum an einem verkrauteten Altarm im Grünen Prater, mache ich erst Bestandsaufnahme: Welche Viecher sind schon da? Heuer, am Ende des Monats März, waren dies, in der Reihenfolge ihres von mir Bemerktwerdens: Gras- und Springfrosch (in Gestalt mächtiger Laichballen zwischen den alten Schilfstängeln), Eichelhäher (in Gestalt missgelaunten Geschreis in den Baumkronen über mir) sowie eine Horde von Feuerwanzen, die der Wiener in Hinblick auf ihre freudige Bereitschaft zur Vermehrung gern als Schusterkäfer bezeichnet.

Als viertes Viech stellte sich ein wahrer Seelenverwandter in Gelb ein, der von mir verehrte, wunderschöne, liebe und stimmungsverbessernde Zitronenfalter *(Gonepteryx rhamni)*. Da lachte ich und schloss innerlich ab mit dem Winter.

Zitronenfalter in ihrer gleichzeitigen Schlichtheit und Anmut sind mir vielleicht die liebsten heimischen Tagfalter. Schon ihren Namen (nicht den lateinischen) kann man kaum aussprechen ohne zu lächeln. Der Flug des gelben Insekts hat eine leicht taumelnde Unbeschwertheit, wie der Gang der jungen Mädchen in den frühen Geschichten von Arthur Schnitzler. Das Insekt ist kaum mit einem Mitglied der Verwandtschaft der Weißlinge zu verwechseln, am ehesten noch die blasser getönten Weibchen mit einem Kohlweißling. Anders aber als dieser tauchen Zitronenfalter nie in Massen auf, einzeln oder paarweise schaukeln sie am Betrachter vorbei, sie sind dabei oft die ersten und die letzten Schmetterlinge, die man innerhalb eines Jahres sieht, was mit ihrer Lebensdauer zu tun hat. *Gonepteryx rhamni* ist der Methusalix unter den hiesigen Faltern und lebt bis zu zwölf Monaten. Zum Vergleich: Österreichs größter Falter, das Wiener Nachtpfauenauge, hat zwischen Metamorphose und Hinscheiden gerade eine Woche, die es gestresst für Paarung und Eiablage nutzt.

Die Raupen der Zitronenfalter sind blattgrüne, unauffällige Gesellen, Meister der Tarnung, die sich hauptsächlich von den Blättern strauchiger Kreuzdorngewächse ernähren, in unseren Breiten hauptsächlich vom Faulbaum. Anfang Mai schlüpfen die Raupen aus einzeln abgelegten Eiern, bis Ende Juni erfolgt die Verpuppung. Die fertigen Falter patrouillieren bis weit in den Herbst auf den umliegenden Blumenwiesen und begeben sich erst spät zur Winterruhe. Im Gegensatz zu anderen Schmetterlingen findet diese völlig ungeschützt zwischen den Blättern immergrüner Pflanzen wie Stechpalme oder Efeu statt. Diese Robustheit verdankt der Falter einer Mischung aus Glycerin, Sorbit und Eiweißen, die miteinander eine Art körpereigenes Frostschutzmittel bilden. *Gonepteryx rhamni* kann auf diese Art den Gefrierpunkt seiner Körperflüssigkeiten auf bis zu minus zwanzig Grad senken. Kommt Ende März die Sonne wieder zu Kraft, entfaltet er die Schwingen und erlebt den Frühling als letzte Jahreszeit seines Daseins. Erfreulicherweise scheinen die Zitronenfalter im Gegensatz zu vielen Verwandten nicht wirklich seltener zu werden. Sie bleiben vereinzelt wie eh und je, aber sie sind da. Deutsche Entomologen sprachen in einer Studie über den Zitronenfalter als »einen Vagabunden, der praktisch überall auftauchen kann, wo es Sonne und Blumen gibt«. *Gonepteryx rhamni* sei »kein Kandidat für die Rote Liste«.

Es gibt in meinem Leben ein paar Sachen, für die ich dankbar bin. Diese Tatsache gehört dazu.

BIBER

Im Prater blühen wieder die Bäume, wusste Lehár. Es wäre so ein schöner erster Satz für diesen vom Frühling geküssten Aufsatz gewesen. Indes war ich tatsächlich im Prater, und so muss ich mit der Beschreibung eines Sauhaufens beginnen. Und der bessere Satz dazu lautet, »What goes up must come down«, wie Blood, Sweat & Tears über das Leben sangen. Für den Wald hinter dem Lusthaus, den innerurbansten kleinen Dschungel, den Wien zu bieten hat, gilt das auch. Dünne und mitteldicke Bäume liegen überall herum, auffallend oft sind sie kopfüber in Lusthaus-, Mauthner- oder Krebsenwasser gefallen. Die Schnittstellen, die an einen riesigen, etwas grob arbeitenden Bleistiftspitzer denken lassen, verraten die Täter: Es sind Europäische Biber. 250 dieser mit bis zu einem Meter Kopf-Rumpf-Länge größten europäischen Nagetiere leben allein in der Bundeshauptstadt. Dreitausend sind es in ganz Österreich. In unserem Land, in dem Biber Mitte des 19. Jahrhunderts ausgerottet und Ende des 20. wieder angesiedelt wurden, kann man also durchaus von einer Rückkehr im Triumph sprechen. Und man muss sogar sagen, dass dem großen Sauhaufen hinter dem Lusthaus durchaus etwas Genüssliches anhaftet.

Der Mensch, der den Grünen Prater, die Lobau und die daran anschließenden Donau-March-Auen im Wandel der (Jahres-) Zeit kennt, macht sich eh nicht wirklich Sorgen. Dies ist eine Landschaft in rasanter und stetiger Umgestaltung, mit schnell wachsenden Bäumen, mit laufender Umformung des Terrains durch Hochwasser oder schlicht durch den schwankenden Grundwasserspiegel der Donau. Höchstwahrscheinlich gehört das, was

Castor fiber, der Biber, in diesen Gegenden gerade treibt, schlicht zum großen naturgewollten Zentrifugalgetriebe. Wohl gibt es Zeitgenossen – Obstbauern, Forstwirte oder Menschen, die die Natur gerne wohlgeordnet erleben –, die dem so erfolgreich auferstandenen Nager kritisch gegenüberstehen. Ökologen hingegen freuen sich über das Wiedererstarken der Spezies und geben zugleich Entwarnung: Biber breiten sich nur so weit aus, als sie Platz an Binnengewässern finden. Das heißt, wenn ein Gebiet mit ihnen »gesättigt« ist, endet die Vermehrung. Überzählige Tiere wandern ab.

Die anderen? Tja, sie fressen. Der Biber, von der Evolution als bizarre Mischung aus U-Boot und Kettensäge angelegt, ist immer hungrig. Und seine Bäume fällt er nicht etwa zum Hausbau, wie die Volksseele glaubt. Zum Bauen genügt ihm meist das herumliegende Totholz, er will vielmehr an die Blätter. Ziel der Biber ist es, die Bäume ins Wasser fallen zu lassen, weil dieses ihr Laub möglichst lange frisch erhält. Seine oft beeindruckenden Aufstauungen legt der Biber übrigens an, um den Gewässerspiegel zu heben. Das eine reine Sicherheitsmaßnahme. Die Eingänge zur Biberburg liegen nämlich unter Wasser, die Burg selbst, torlos und unbezwingbar, darüber. Dabei hat der Biber in Europa seit dem Verschwinden von Wolf und Bär keine natürlichen Fressfeinde mehr. Höchstens Jungtiere fallen noch manchmal einem Fuchs oder Seeadler zum Opfer.

Der Biber könnte sich entspannen. Andererseits: Das würde zu seiner Spezies so gar nicht passen.

KNOBLAUCHKRÖTE

Wir müssen weitermachen mit den Froschlurchen, sie säumen grad meinen Weg. Unlängst nämlich hätte ich bei einer Rad-Umrundung des Lusthauswassers beinah einen schwereren Unfall erlitten, als ich dachte, eine Knoblauchkröte hüpfe direkt vor mir über den gatschigen Weg.

Die Knoblauchkröte *(Pelobates fuscus)* ist ein wenig bekannter heimischer Froschlurch. Ihrer mangelnden Prominenz wegen wurde sie europaweit sogar zum Lurch des Jahres 2007 ausgerufen, ob sie jetzt im europäischen Bewusstsein weiter vorne haust, vermag ich nicht zu sagen. Jedenfalls ist die Knoblauchkröte, die in Wiener Naturschutzgebieten wie Prater oder Lobau noch immer vorkommt, ein Wesen, das nur selten unseren Weg kreuzt.

Das zur Familie der Krötenfrösche gehörende Tier gräbt sich tagsüber bis zu einem halben Meter tief in lockere Böden ein und kommt erst nachts zur Jagd auf Käfer und Nachtfalter an die Oberfläche. Nur in der Paarungszeit, sprich: jetzt, sieht man die Lurche auch tagsüber, und zwar beim dezenten Sex im flachen Wasser. Dabei rittern im Schnitt vier Krötenmänner um eine Krötenfrau, und was dabei herauskommt, sind die größten europäischen Amphibienlarven, Kaulquappen, die mit einer Länge von bis zu zwanzig Zentimetern viermal so groß sind wie ihre Eltern. In Notzeiten des Mittelalters wurden die Knoblauchquappen gern verkocht, wie die Volkskunde weiß.

Ja, fürwahr ein denkwürdiges Tier: Fängt man Knoblauchkröten, wie es mir im Alter von zwölf Jahren ein einziges Mal gelang, dann fäulen sie leicht nach Knofl, öffnen ihr Maul und stoßen klagende Schreie aus.

Aber als ich unlängst vom Radl stieg, um den Lurch zu examinieren, da war es eine Gemeine Erdkröte, an der Weidenblätter klebten, was wie eine Knoblauchkrötenzeichnung aussah.

Ich freute mich trotzdem. Die Kröte wanderte zwinkernd Richtung Wasser. Vivat der Lenz!

FLORFLIEGE

Wenn bei uns was kreucht oder auch fleucht, schreien meine Kinder, aber auch meine Liebste: Wäh, ein Viech! Viech, eigentlich das Tier an sich, ist bei uns im häuslichen Affekt also ein Insekt oder Spinnentier. Ich sage dann mit ganz ruhiger Stimme: Das ist ein Mehlkäfer. Oder: Das ist ein Silberfischerl. Oder, selten: Wow, das ist ein Oleanderschwärmer.

Trotzdem schreien dann alle: Jaja, Papa, gibt jetzt das Viech weg!

Ich wünschte, es würde einmal eine Florfliege bei uns vorbeischauen, da könnte ich meinen Leuten erklären, was das Viech von der sechsbeinigen Gottheit unterscheidet.

Unlängst hatte ich ein Konzert auf einem verwitternden Gutshaus in Niederösterreich. Nachdem ich gespielt hatte, suchte ich das Häusl und stieß auf ein Wunder. Das Häusl hatte schlecht schließende Doppelfenster, und dazwischen erwachten gerade Dutzende, wenn nicht Hunderte Florfliegen. Wenn es ein Insekt gibt, das jeden Insektenhasser aufgrund seiner schieren Schönheit und Anmut zu bekehren vermag, dann ist es sie: *Chrysoperla carnea*, die Gemeine Florfliege. Ihre unglaublich fein genetzten Flügel bilden ein feenhaftes Walmdach über dem verletzlichen limettengrünen Leib, deutlich treten die kugelrunden güldenen Facettenaugen hervor. Die Tiere gehen nach Abschluss ihrer Entwicklung in den Winterschlaf, wofür sie hohle Bäume, aber auch menschliche Strukturen wie eben Häuslfenster nutzen. Im Frühling dann wird Hochzeit gehalten, wobei die Brautleute sich des gegenseitigen Einverständnisses mittels zarter Unterleibsvibrationen vergewissern. Die Larven, die aus den Gelegen schlüpfen, haben noch nicht die Eleganz ihrer Eltern, fressen aber zahllose Blattläuse und tragen das Göttliche damit irgendwie schon in sich.

Ich finde: Wenn Kinder zu Florfliegen nicht mehr Viech sagen, dann hat man es als Vater irgendwie geschafft.

BANKIVAHUHN

Im klassischen Osternesterl wohnen drei Tiere: Eins davon ist in unserer Populär-Mystik der Große Geist des Auferstehungsfestes, quasi das Oster-Totem: der Hase. Die anderen beiden Spezies sind die Opfer: klassisch das rührende, wollige Lamperl, verzehrt an der österlichen Tafel. Und das Pipihendi, sei es in Küken-, sei es in adulter Form. Jenes Tier, das zu Ostern gar nicht erst das Licht der Welt erblickt, weil wir es schon vorher, in pränatal-ovaler Form verzehren. Das Ei, so lehrt es die Volkskunde, war die kostbarste Speise der Armen, und so landete es am Ostertisch, geschmückt, bemalt, und in manchen Kulturen (wie der burgenland-kroatischen) sogar kunstvoll geritzt.

Dem Hendl wird, so scheint es, in Theorie und Praxis immer zu wenig Ehre zuteil. Und so wollen wir uns diesmal österlich mit seinem wunderschönen wilden Ahnen beschäftigen: dem Bankivahuhn *(Gallus gallus)* in den Dschungeln Ostasiens, das allgemein als die Stammform des Haushuhns *(Gallus gallus domesticus)* gilt. Anders als beispielswiese bei Wolf und Mops ist bei den Hendln die Verwandtschaft zwischen wild und zahm noch immer recht augenfällig. Bankivahühner schauen nicht nur circa so aus wie das klassisch liebe Federvieh am Bauernhof (vielleicht die Spur schlanker, agiler, schillernder), sie sprechen auch so ähnlich: Kräht im burmesischen Urwald der Bankivahahn, fühlt man sich einen Augenblick lang wie, sagen wir, in der Oststeiermark oder wie überall sonst, wo ein Landwirt Hendln hält. Bankivahühner hausen in geselligen Großfamilien in einem riesigen Gebiet, das sich von Kaschmir bis in den Malaiischen Archipel erstreckt. Sie gehören zur Gattung der Kammhühner innerhalb der weitverzweigten Familie der Fasanartigen. Die Vögel besiedeln verschiedene Landschaften vom Mangrovendschungel über feuchte Salbaumwälder bis zu Agrarlandschaften. Sie sind Wanderer und Kurzstreckenflieger, unterliegen innerhalb der Herde einer strengen Hackordnung und ernähren sich von Samen und kleinen Wirbellosen. Man geht davon aus, dass das Bankivahuhn in Asien schon vor sechstausend Jahren domestiziert wurde. Um 2000 vor Christus trat es über die Seidenstraße seine allmähliche Reise westwärts an. 1500 vor Christus sind Hühner in Ägypten nachgewiesen. Zur Zeit der Hallstattkultur tauchten erste Hendln nördlich der Alpen auf. Interessant ist, dass man in Südamerika Funde von Hühnerknochen gemacht hat, die aus vorkolumbianischer Zeit stammen, ob es nun Polynesier oder Wikinger waren, die den gackernden Vogel in die Neue Welt schafften, ist schwer zu sagen.

Unbestritten ist, dass *Gallus gallus domesticus* in Zeiten industrieller Tierhaltung zu einem der ärmsten Wesen überhaupt geworden ist, auch wenn sich die Behandlung von Hendln durch mündigere Konsumenten und beherzte Freilandzüchter langsam zum Besseren wandelt. Wer sich da noch nicht viele Gedanken gemacht hat, dem sei das Studium der asiatischen Wildform empfohlen. Bankivahühner sind starke, fleißige Waldgeister, die ganze Tage, ausladend am Boden scharrend, auf Futtersuche verbringen. Wenn die Sonne hinter dem Dschungel versinkt, flattern sie auf sichere Schlafplätze auf Bäumen, ehe im Morgengrauen der Chef wieder zum Tagwerk ruft. Frei, sozial, fleißig. Und Ostern ist ihnen wurscht.

GRÜNES HEUPFERD

Die Tiere, die uns wirklich verblüffen und überraschen, sind jene, die wir ganz plötzlich bemerken. Der Bussard, der stundenlang über uns am Firmament kreist, das Reh, das sich ruhig und äsenderweise über die dämmrige Wiese bewegt, die haben wir auf dem Radar. Wir staunen ohne Überraschung, da wir Zeit zur Beobachtung zur Verfügung haben. Wir fokussieren auf das animalische Gegenüber, versuchen es zu verstehen, widmen ihm unser Bewusstsein. Andere Spezies sind deshalb auf einmal so überraschend und überwältigend da, weil sie schon vorher an unserer Seite waren und wir sie in ihrer ganzen Eindrücklichkeit einfach nicht bemerkt haben.

So ging es mir unlängst auf der Fahrt zu einem Konzert. Die Band und ich fuhren durch das Mostviertel und schlugen dann den Weg ins oberösterreichische Ennstal ein, als einer der Mitreisenden ein so menschliches wie dringendes Bedürfnis verspürte. Wir hielten auf der Kuppe eines Hügels, wo feiste Maiwiesen an luftigen Mischwald grenzten. In der schräg stehenden Abendsonne legte ich mich in den Halbschatten eines Holunderstrauchs und schloss die Augen, öffnete sie wieder, ließ ein paar honigfarbene Sonnenstrahlen in die Seele fließen. Bei wieder geschlossenen Augen dachte ich über das seltsame Blatt nach, das ich mit halbem Bewusstsein gerade auf meinem Bauch hatte liegen sehen.

Oh. Ich riss die Augen auf und begrüßte, schon etwas erschrocken, ein riesiges Exemplar von *Tettigonia viridissima*, ein Grünes Heupferd. Das enorme Insekt, etwa von der Größe meines kleinen Fingers, krampfte sich genauso ein wie ich, blieb aber, genauso wie ich, an seinem Platz sitzen, wenn auch, genauso wie ich, in Schreck und vibrierender Bereitschaft. Als wir wieder ruhiger atmeten, starrten wir einander an. *Tettigonia viridissima* ist ein wahres Kunstwerk der Natur. Seine Farbe ist ein gleichmäßiges Grasgrün, das irgendwie plastikartig erscheint. Die Fühler sind lang und stets in rastloser Investigation begriffen, die Flügel (beim adulten Tier, das auf meinem Bäuchlein saß) ebenfalls lang, die Sprungbeine sind Werkzeuge des Spitzensports.

Das bei uns noch immer sehr häufige Grüne Heupferd bevorzugt Trockenrasen, Brachen, Raine, aber auch landwirtschaftlich genutzte Flächen als Lebensraum, ist aber auch ein findiger Kulturfolger, der uns Menschen bis weit in die urbanen Räume nachkommt. Dafür braucht es nicht einmal viel Heu. Ein Beserlpark oder ein liebevoll gepflegter Balkon reichen schon, um *Tettigonia viridissima* heimisch werden zu lassen. Da werden dann rund zweihundert Eier in den sonnengewärmten Boden versenkt, und in einem sieben Larvenstadien und bis zu fünf Jahre umfassenden Prozess wachsen die Nachkommen heran. Die Männchen lassen ihr Wohlbefinden und ihr Revierbewusstsein durch ihre mit Schrillleisten versehenen Flügel hörbar werden. Bis zu hundert Meter weit ist das mehrstrophige Stridulieren des Grünen Heupferds zu hören.

Der temporäre Resident meines Bauches sang mir nichts vor. Dafür schien er mich nach ein paar Minuten gegenseitigen Belauerns als harmlos einzustufen. Er breitete die Flügel aus und schwirrte in die Wiese ab. Im letzten Tageslicht kreiste träge ein längst von mir bemerkter Bussard.

FIAKERPFERDE

Die Mensch-Pferd-Geschichte beginnt der am weitesten verbreiteten Lehrmeinung nach vor etwa fünftausend Jahren in Zentralasien, als Vorfahren der heutigen Mongolen das dort lebende Wildpferd domestizierten und in der Folge als Last- und Reittier einsetzten. Die Mensch-Pferd-Geschichte ging dann so endlos wie glorreich weiter, was wir hier überspringen. Die Mensch-Pferd-Geschichte endet bei meiner Tochter und mir in unserer neuen Wohngegend, wo sie, ja, ein friedliches Ende gefunden hat.

Pferde waren mir zeitlebens schön wurscht, bis mich an einem Nachmittag inmitten meiner wilden Jugend ein Haflinger-Hengst angriff, während ich psychoaktive Pilze auf einer Weide sammeln wollte. Seitdem war ich eher gegen Pferde. Meine Tochter allerdings steht wie die meisten Mäderln auf Pferde. Das rührt mich, und so fällt ein milder Abglanz meiner Vaterliebe auch auf die Spezies Pferd, und das hilft ihr.

Nun habe ich ausgerechnet über jene Unterart des Pferdes Frieden schließen können, die mich fast am meisten nervte: Fiakerpferde. Fiakerpferde können für ihre Nervigkeit natürlich nix, in erster Linie sind sie arm. Trotzdem: Man muss riesige Umwege um ihre Kolonnen machen, um sich etwa den Stephansplatz zu erschließen. Außerdem gacken sie überallhin, selbst über die Ränder ihrer vorgeschriebenen Gack-Bags hinaus, und Radlfahrer mögen sie auch nicht.

Aber in Erdberg, da, wo wir jetzt wohnen, da schlafen auch die Fiakerpferde. Meine Tochter und ich können sie bei ihren Wegen in die und von der Hacken beobachten. Und in diesen

Momenten, wenn die Hauptstraße noch oder schon wieder ganz ruhig ist, da klappern ihre Hufe so friedlich, da wirken ihre langen Gesichter so entspannt, dass ich mir unlängst zu meiner eigenen Überraschung gedacht habe: Sowas wie euch würde ich auch domestizieren.

ZAUNKÖNIG

Meine Beschäftigung mit dem Biber in einem meiner Texte hat mir Schönes beschert: Ein Leser schickte mir entzückenderweise den Begleitcartoon zu einer in den 1970er Jahren gekauften Tube Blendi, jener Zahnpasta, die den Biber als Testimonial hatte. In dem Cartoon frisst sich Biber Blendi mit seinen hypergesunden Zähnen durch einen Stahltresor und rettet die Dental-Geheimformel vor dem Schurken Knorx. Ich habe die rosa getönte Zahnpasta einst selbst verwendet. Als ich in der Pubertät angehalten wurde, auf ein erwachseneres Produkt zu wechseln, erschien es mir unendlich scharf und lebensverneinend. All dies ging mir unlängst durch den Kopf, als ich auf dem Stamm einer von Bibern gefällten Weide im Prater saß. Und dann musste ich daran denken, dass unlängst auf der nahen Donauinsel ein Biber einen Pit Bull Terrier gebissen hatte, was beweist, dass der scheinbar so ziellosen Evolution doch so etwas wie Gerechtigkeit innewohnt.

Plötzlich aber flog ein Geistlein durch die Zweige des gefällten Baumes, klein wie ein Flummi, braunmarmoriert, irrsinnig flink und auch schon wieder weg. Ich erstarrte auf meinem Weidenstamm und wartete. Bald tauchte das Geistlein wieder auf, nahm vis-à-vis von mir in einem Busch Platz und starrte mich an, sich als Zaunkönig *(Troglodytes troglodytes)* offenbarend. Ich freute mich: Der Zaunkönig, Eurasiens Antwort auf die Kolibris, ist, die beiden Goldhähnchen-Spezies ausgenommen, der kleinste Vogel unserer Breiten. Sein Name, *Troglodytes*, bedeutet Höhlenbewohner, einst nahmen die Menschen nämlich an, der Zaunkönig bewohne Mäuselöcher. Die Vögel werden knapp zehn Zentimeter lang und zehn Gramm schwer. In Mitteleuropa ist er Teilzieher oder Standvogel. Er lebt in lockeren Wäldern, Gärten oder Parks und bevorzugt Habitate mit Gewässern und krautigen Uferzonen. Er verzehrt in erster Linie tierische Nahrung, Spinnen, Weberknechte, Asseln und allerhand Insekten, gerne Nachtfalter und besonders gerne Ohrenschliefer.

Der unscheinbare und doch so entzückende Vogel, dem im Gegensatz zu den meisten anderen Singvögeln auch im strengen Winter die Lieder nicht ausgehen, flattert munter durch zahlreiche Bereiche der abendländischen Kultur. Bei den Gebrüdern Grimm ist er jener Vogel, der Gott auf seinem Thron sitzen sieht. Shakespeare nimmt ihn als Metapher für den Niedergang der Welt: »The world is grown so bad, that wrens make prey, where eagles dare not perch.« Am berühmtesten ist aber wohl die Äsopsche Fabel, in der die Vögel einen König suchen. Derjenige, der am höchsten fliegt, soll die Würde tragen. Der Zaunkönig steigt steil empor, der Adler schraubt sich in großen Kreisen höher. Als der Zaunkönig erschöpft ist, versteckt er sich im Gefieder des großen Greifs und gewinnt den Wettbewerb. So gerecht die Evolution manchmal ist, so fies ist die Fabel.

GRASFROSCH

Ein, zwei Mal im Jahr docke ich an eine alte Leidenschaft an. Diese brachte mich in meinen Bubenjahren dazu, Dutzende, wenn nicht Hunderte heimische Amphibien zu beobachten, einzufangen, eine Zeitlang zu pflegen und wieder auszulassen. Meistens ist mein Erwachsenenleben von einem milden Staunen gegenüber diesem meinem kindlichen Steckenpferd geprägt, aber ein, zwei Mal im Jahr übermannt mich der Lurchjäger, der ich einst war, und ich bin wieder im Bann des Frosches, der Unke, des Molches.

So wie jetzt, wenn im März die smaragdgrünen Flecken den wintermüden Wienerwald zu durchsetzen beginnen, und meine Familie zu dem schreitet, was wir als das vorösterliche Bärlauchpicknick im Schwarzenbergpark bezeichnen. Dort wachsen Bärlauch galore und überdies majestätische Buchen- und Ahornriesen, unter denen wir den Schinken teilen und den Thermos öffnen können. Das ganze Picknick hat etwas zutiefst Gesittetes.

Dann aber fällt mir der kleine Waldtümpel am Ende der Wiese ein, ich erinnere mich, dass es März ist, und zum immer wiederkehrenden Staunen meiner Familie schreie ich: »Die Grasfrösche müssten da sein.« Ich lege den Schinken ab und renne über die Wiese, um mit Glück ein oder zwei Pärchen von *Rana temporaria* beim Laichen zu beobachten. Aber immer, immer bin ich ein bisschen zu spät. Die Frösche sind schon weg. Gallertartig treibt bloß der Laich zwischen den Hölzern im flachen Wasser, die schwarzen Punkterln darin regen sich und bereiten sich darauf vor, demnächst Kaulquappen zu sein.

»Und?«, fragt die Liebste, wenn ich zum Lager zurückkomme.

»Nur Eier«, murmle ich enttäuscht. »Zwei, drei Tage zu spät.«

Dann sagt die Liebste, dass sie schon stolz ist, wenn ihr Mann Eier von Grasfröschen finden kann, das richtet mich auf, und österliche Stimmung kehrt in mein Herz zurück.

SCHWARZSPECHT

Um den Zumutungen des nicht und nicht weichenden Winters zu entkommen, wandern meine Lieben und ich gern durch die Donauauen, manchmal weiter unten bei Orth, meistens aber daheim, also in der Lobau. Der eisige Wind bläst einen hier nicht an, weil der borstige Forst einen schützt, und das bedrohliche Krachen des Altholzes im borstigen Forst nimmt man dafür schaudernd, aber doch in Kauf. Und bisweilen sieht man in dieser freudlosesten Zeit des Jahres sogar ein Viech. Uns reichen dann schon Eichhörnchen oder Meisen, aber diesmal wurden wir mit etwas Kapitalem belohnt.

Wir gingen über den lapidar »Durch die Lobau« benannten Weg, der vom herrlichen Großenzersdorfer Uferhaus schnurstracks durch den Dschungel bis zum Ölhafen hinunterführt, als wir zunächst diesen sehr lauten und druchdringenden, klagenden Ruf hörten: Iiiiähhh! Und noch einmal: Iiiiäääähhhh! Während wir uns noch umsahen, huschten in geringer Höhe zwei mindestens krähengroße Nachtschatten über den Weg. Sie flogen zu schnell, um scharfzustellen. Als wir dann in die Richtung blickten, in die sie verschwunden waren, sahen wir erst nichts, und dann zwei unglaublich bewegungslose Waldstatuen: Die eine hockte auf einem großen Stück Totholz, war nachtschwarz, hatte ein rotes Schopferl und starrte uns unverwandt an. Die andere klebte zehn Meter weiter an einem Pappelstamm, war ebenfalls nachtschwarz mit rotem Schopferl und starrte uns unverwandt an. Noch während die bekannten Vogelarten durchs Bewusstsein ratterten, kam Bewegung in die Statue am Pappelstamm. Als würde sie uns vergessen, begann sie manisch auf den Stamm einzuklopfen, dann fiel es uns ein: Wahnsinn, was für ein Glück. Wir standen einem der etwa fünftausend österreichischen Schwarzspecht-Brutpaare gegenüber.

Dryocopus martius, wie ihn Linné 1758 genannt hat, ist nicht nur der mit Abstand größte europäische Specht, er ist auch eine echte Schönheit. Das glänzendschwarze Gefieder, das purpurne Kardinalskapperl und die weißen, in Tarantino'scher Coolness blickenden Augen, das alles zusammen ergibt schon hochgradige Eleganz.

Schwarzspechte leben hauptsächlich von holzbewohnenden Ameisen, deren Nester sich unter der Borke alter Bäume befinden. Der mächtige Vogel mit dem wuchtigen keilförmigen Schnabel schält dabei oft ganze Stämme ab, um die Ameisennester zur Gänze zu öffnen und abzuernten. Auch wenn ihm Buchenwälder mit eingelagerten Fichten- und Kieferbeständen, wie sie im Alpenvorland zu finden sind, am liebsten sind, ist er doch nicht zimperlich. Wichtig ist ihm, dass viel Alt- und Totholz vorhanden ist. So ist ein Nationalpark, wo alles fallen und liegen bleiben darf, natürlich ein bevorzugter Lebensraum.

Der Zuname des Schwarzspechtes, *martius,* deutet übrigens darauf hin, dass der große schwarze Klopfer dem Gott Mars heilig war, also ein Kriegsvogel. Überdies galt der Specht nicht unbedingt als Glücksbringer, namentlich wenn er (gleich der schwarzen Katze) zur Linken auftrat. Horaz schrieb den frommen Wunsch: »Teque nec laevus vetat ire picus«, zu Deutsch: Möge kein Specht zur Linken Deine Reise behindern!

Sommer

GROSSER LEUCHTKÄFER

Vor exakt zwanzig Jahren, Ende Juni, haben meine Liebste und ich geheiratet, an einer Grotte und im benachbarten Waldwirtshaus im Wienerwald. Mehrere Bands spielten, mehrere Redner sprachen, Menschen tanzten, und eine große Torte wurde aufgefressen. In der Rückschau wurde und wird diese Hochzeit bis heute als durchaus gelungen rezipiert, meine Liebste und mich hat sie allerdings dermaßen erschöpft, dass wir bis heute keine Partys mehr machen, aber davon will ich eigentlich gar nicht sprechen. Ich möchte von den kleinen Mirakeln dieser Hochzeit erzählen, die den Abend ins Legendäre geschubst haben.

Bereits bei der Fahrt durch die dichten Rotbuchenwälder sahen wir die Säule Sonnenlichts, die genau auf unseren Hochzeitsplatz strahlte. Die vergangenen beiden Wochen war eine nasse, schwere und niederschmetternde Wolkendecke über Wien gelegen, und jetzt – jetzt! – zerriss sie. Bis zum Nachmittag waren die Wolken fort, und am Abend kamen die Sterne. Und nicht nur das.

Das andere Wunder offenbarte sich mir, dem Bräutigam, später am Abend, als ich einem Bedürfnis folgend zum Klosett des Waldwirtshauses schritt und dort eine lange Warteschlange gewahrte. Ich beschloss daher, in den Wald zu gehen, und nach Abschluss meiner kleinen Mission traf mich, als ich den Blick schweifen ließ, vor Staunen beinah der Schlag. Der Wald, gleich einem Spiegelbild des Nachthimmels, funkelte, leuchtete, zwinkerte ebenfalls. Kleine glühende Äuglein glommen auf, knipsten sich wieder ab, bewegten sich waag- und senkrecht sowie schräg durch die Finsternis und plumpsten manchmal von erhöhten

Stellen verlöschend in Abgründe. Ich begriff: In diesem Wald heirateten nicht nur wir, sondern auch Hunderte, wenn nicht Tausende Mitglieder der Spezies *Lampyris noctiluca*, des Großen Leuchtkäfers, auch Johannis- oder Glühwürmchen genannt.

Neben seinem Verwandten, dem Kleinen Leuchtkäfer, ist *Lampyris noctiluca* der bekannteste Vertreter der Leuchtkäferfamilie, die den Weichkäfern zuzuordnen sind. Untertags, im ausgeschalteten Zustand, wirkt das ein bis zwei Zentimeter lange Insekt eher unscheinbar, grau, fast asselartig. Abends aber, namentlich in den Flugmonaten Juni bis September, tritt das Phänomen der Biolumineszenz in Kraft. Ein Enzym mit dem schönen Namen Luciferin trifft auf Adenosintriphosphat und Sauerstoff und erzeugt (grünliches) Licht und Wärme. Die Glühwürmchen-Damen strahlen dabei um ein Vielfaches stärker als ihre Herren, es gilt: Cherchez la femme! Die Lady mit dem schönsten Lampion findet am schnellsten einen Begleiter.

Dem Licht zu folgen scheint die einzige Aufgabe der männlichen Exemplare zu sein. Im Gegensatz zu den Weibchen können sie zwar fliegen, essen dafür aber nichts und sterben kurz nach der Paarung. Die Nachkommen dieser Verbindung sind längliche, räuberische Larven, die wie winzige Gürteltiere am Waldboden leben und Schnecken durch einen Giftbiss töten.

Ich rannte damals aufgeregt zum Wirtshaus zurück und holte meine Frau. Zusammen betrachteten wir den glühenden Wald und stellten fest, dass die ganze Hochzeitsgesellschaft es uns gleichtat. Alle tappten herum, riefen »Oh!« oder auch »Oag!« aus und stellten fest, dass das wahre Strahlen von innen kommt.

EICHEN-PROZESSIONSSPINNER

Meine Tochter ist ein Sommerkind, ein Prinzesslein aus dem Julei. Ihr Geburtstagsfest aber schmeißen wir stets Ende Juni, damit alle Freundinnen und Freunde noch da sind. Heuer fiel es mitten in die erste feiste Hitzewelle, und wir wichen picknickend auf die Jesuitenwiese im Wiener Prater aus.

Es war ein riesiger, über fast zehn Meter waagrecht schwebender Ast, auf den wir unsere Ballons, Girlanden und fliederfarbenen Kreppbänder hängten. Die Kinder kamen, es wurde auf Töpfe geklopft, gesungen und ein im Praterdschungel verschwundener Papa mittels kryptischer Botschaften gefunden. Es war ein schönes Fest, bilderreich und herzenserwärmend. In der folgenden Nacht aber wachten die meisten Beteiligten vom schrecklichen Juckreiz auf, der durch zartrosa Dippeln auf den Armen ausgelöst wurde. Unser romantisches Dach war nämlich ein Eichenast gewesen.

Und dieser ist die angestammte Kinderstube von *Thaumetopoea processionea*, dem Eichen-Prozessionsspinner. Der im adulten Zustand kaum zwei Zentimeter große Nachtfalter kann durchaus als Schädling bezeichnet werden, da er sowohl der Eiche als auch dem Menschen schadet und meines Wissens nur sich selbst nützt. Die Raupen dieses Falters pflegen den Brauch, in langen Prozessionen den Baum rauf und runter zu wandern. Im dritten Larvenstadium tragen sie einen Pelz aus Brennhaaren, die ein Nesselgift enthalten, das Thaumetopoein. Nach der Weiterentwicklung liegen diese Härchen dann unsichtbar unter den Eichen, wie ein Teppich des Bösen, und arglose Festgesellschaften setzen sich mitten hinein. Die Fachliteratur stellt mir das Verschwinden meiner Dippeln in ein bis zwei Wochen in Aussicht. Und im Übrigen gilt, was ein kalifornischer Hippie einmal zu meiner Schwägerin sagte, nachdem dieser eine Möwe auf den Kopf gegackt hatte. Mit einer großen Geste auf Strand und Möwen sagte der Mann: »It's their place!«

ÄSKULAPNATTER

Die Marser waren ein eigenwilliger Stamm im antiken Italien, sie besiedelten die Abruzzen und hatten ihren Namen vom Gott des Krieges. Mit den Römern waren sie zunächst verbündet, im ersten vorchristlichen Jahrhundert erhoben sie sich, schließlich verlieh ihnen Rom das Bürgerrecht. Eine Tradition allerdings, die sie schon das ganze erste vorchristliche Jahrtausend hindurch gepflegt hatten, ließen sich die Marser von der neuen Hegemonialmacht nicht nehmen: ihren Schlangenkult. Schlangengöttin Angitia, gleichzeitig Herrscherin im Reich der Gifte, blieb gleichberechtigt neben Jupiter stehen. Mit ihr und stellvertretend für sie verehrten die wilden Marser eine Schlange, die für europäische Verhältnisse riesengroß wird, aber gleichwohl völlig ungiftig und harmlos ist: die Äskulapnatter. Diese, *Zamenis longissimus*, war in der übrigen antiken Welt als Begleiterin des Götterarztes Asklepios (Äskulap) bekannt.

Das bis zu zwei Meter lange Reptil ist, wenn man es ausnahmsweise einmal trifft, eine mehr als beeindruckende Erscheinung. Ich habe drei oder vier Mal Äskulapnattern gesehen, stets im Wienerwald oder im Donautal, an Waldrändern und in Weingärten. Beim ersten Mal war ich acht Jahre alt, und in den Döblinger Hügeln im Räuber-und-Gendarm-Spiel engagiert, genauer: bei der Bewachung eines Gefangenen. An der Steinmauer, an der ich in der Sonne lehnte, entdeckte ich plötzlich eine Schlange. Ich verhielt mich ruhig, die Schlange auch. Als Nächstes entdeckte ich auf meiner anderen Seite eine weitere Schlange derselben Art. Nun wurde ich nervös und erhob mich langsam, darauf bedacht, dass der Gefangene meine Angst nicht bemerkte.

Als ich allerdings genauer hinsah, erkannte ich das Schreckliche: Es handelte sich um eine einzige Schlange, die da hinter mir, quasi die ganze Mauer begleitend, im Efeu hing: Jetzt rannte ich schreiend davon, mein Gefangener entkam, es war mir egal.

Meistens sieht man die Äskulapnatter erst gar nicht. Die Schlange, die von Mäusen, Eidechsen, Vögeln und deren Eiern lebt, ist nicht einmal rasend scheu, aber dafür blendend getarnt. Der schlanke Körper trägt einen schwer zu beschreibenden Farbverlauf aus Braun, Grau, Schlamm und Gelb und verschwimmt perfekt mit der Umgebung.

Äskulapnattern sind auf Österreichs Roter Liste mit dem Hinweis »Gefährdung droht« vermerkt. Der Rückgang der Populationen liegt wie bei so vielen anderen Spezies am allmählichen Verschwinden ihrer bevorzugten Lebensräume. Dies sind feuchtwarme Hanglagen, verkrautete Waldränder, Raine und Natursteinmauern. Auch verlassene Steinbrüche und nicht allzu sehr gepflegte Parks werden besiedelt. Wichtig ist ausreichend Totholz, in dem die Schlange ihre Eier ablegen kann.

Die Äskulapnatter würde Europa bitter abgehen. Sie ist das Symbol der Ärzteschaft und (zumindest in Österreich) auch das Logo der Apotheker. Und durch sie sind selbst die kriegerischen Marser bis heute präsent: In der kleinen Abruzzen-Ortschaft Cocullo werden nämlich am ersten Donnerstag im Mai die Äskulapnattern weiterhin gefangen und der Statue des heiligen Domenico Abbate um den Hals gelegt. Der schaut dabei richtig glücklich aus.

KAISERMANTEL

Es ist ein gutes Schmetterlingsjahr in meinem Sommerbüro im Praterurwald. Vom Zitronenfalter habe ich bereits berichtet. Er suchte mich heuer dort schon heim, ebenso wie diverse andere Weißlinge, ebenso wie das Tagpfauenauge und der Kleine Fuchs. Aber unlängst, gerade zu Mittsommer, kam ein Neuer, ein für mich, ich gestehe es, bislang Unbekannter von ungeahnter Schönheit.

In den Monaten Juni bis August pflege ich bei Eintreffen im Dschungel sofort zwischen zwei und vier nepalesische Räucherstäbchen anzuzünden, weil diese, was ich mir vielleicht ja auch nur einrede, den Gelsen ein bisschen die Schneid nehmen. Außerdem versetzt mich der Geruch im Zusammenspiel mit dem lauten Geplärre der Teichfrösche und dem Gesang der Vögel in eine Art faunische Trance, aus der heraus ich, was ich mir ebenfalls vielleicht nur einrede, besser Lieder schreiben kann.

Unlängst aber bemerkte ich etwas Seltsames: Die kleinen Rauchsäulen schienen zwei Besucher anzulocken, ein Paar sehr großer und über das Maß prächtiger Tagfalter, wie sie mir noch nie untergekommen waren. Auf schreiend gelborangem Grund trugen ihre Flügel ein gepardenartiges Fleckmuster in Schwarz. Schlossen die Falter die Flügel im Zuge einer Rast, sah ich metallischen, fast perlenartig schimmernden Glanz auf deren Unterseiten. Die beiden großen Schmetterlinge umflatterten mich eine gute halbe Stunde, an Dichtung meinerseits war nicht zu denken, die Lyrik lag bereits in der Luft. Nach Abbrennen des Weihrauchs empfahlen sie sich zügig, ohne dass es mir gelungen wäre, die unruhigen Gesellen zu fotografieren. Indes fand ich bei meinem Aufbruch am seichten Wasser einen solchen Gepardenflügel, den wohl ein räuberischer Lurch nach seinem grässlichen Mahl zurückgelassen hatte. Ihn brachte ich nach Haus, um dort herauszufinden, dass meine Gesellschafter vom Vormittag zwei prächtige Männchen des Kaisermantels *(Argynnis paphia)* waren. Der Kaisermantel ist der größte heimische Vertreter der Perlmutterfalter, mit bis zu sieben Zentimeter Flügelspannweite einer der größten europäischen Edelfalter überhaupt. Ihre Flugzeit umfasst den Hochsommer, sie ernähren sich dabei aus den Blüten so stacheliger Pflanzen wie Brombeeren oder Disteln. Der im Spätsommer geborene Nachwuchs von *Argynnis paphia*, sprich die Raupenschaft, verzichtet bis zur Überwinterung zunächst gänzlich auf Nahrung und stürzt sich erst im folgenden Frühjahr auf sein Lieblingsgericht, nämlich Veilchen.

Als ich am nächsten Tag mit dem Radl durch die Prateralleen zurückkehrte, hatte sich mein Blick für den Kaisermantel geschärft. Überall nahm ich jetzt in der Luft und am Gesträuch die wippenden Luftgeparden wahr, es war ein vielfaches, beinahe massenhaftes Auftreten, und ich freute mich.

Der Hochzeit von *Argynnis paphia* geht übrigens ein gründlich erforschtes und reizvolles Balzspiel voran, bei dem zunächst das willige Manderl einen Lockstoff aus sogenannten Duftschuppen in den Äther stäubt. Das Weiberl hingegen, auf einem Zweig verharrend, streckt zum Zeichen der Paarungsbereitschaft seinen Unterleib himmelwärts. Es folgt der Akt, im Zuge dessen sich die Liebenden bisweilen so gründlich ineinander verkeilen, dass sie ihn anschließend nicht mehr loswird und zur Eiablage mitschleift.

Das allein ist ja fast schon wieder ein Lied.

SCHLEIEREULE

Der himmlische Harmonikaspieler Soyka und ich, begleitet von seiner Liebsten und meiner Liebsten, fuhren im vergangenen Jahr durch Wälder am Ufer der Mur. Wir hatten in einem kleinen Nest bei sehr lieben Menschen ein Konzert gespielt und sollten in einem benachbarten kleinen Nest die Nacht verbringen. Den dafür bestimmten Gasthof suchten wir jetzt. Es war eine Hochsommernacht. In den Scheinwerferkegeln des Wagens tanzten unzählbare Mücken und Falter. Wir waren schläfrig und nicht auf das gefasst, was als Nächstes geschah.

Ich saß hinter dem Steuer. Als Erstes sah ich, dass etwas über die Straße lief, etwas Kleines, da waren wir vielleicht noch 25 Meter davon entfernt. Ich trat auf die Bremse. Und dann erst kam das Eigentliche. Die Erscheinung. Es war ein gesträubtes Bündel aus Entschlossenheit, das weiß wirkte, aber überdies, vielleicht ja durch unsere Scheinwerfer, von innen heraus zu leuchten schien. Während ich, am Bremswege langsamer werdend, noch immer näher kam, senkte sich die Erscheinung im Flug in die Mitte der Fahrbahn, griff nach dem Kleinen, Flüchtenden und stieg auf der anderen Seite, fast unseren Seitenspiegel noch streifend, wieder in die Höhe. Die Liebste des Soyka kreischte melodisch. Meine Liebste fragte: »Was war das?«

Ich sagte es ihr, und ich sage es Ihnen: Es war *Tyto alba*, die Schleiereule. Jene Eulenart, die in Dutzenden Unterarten alle Kontinente dieser Welt besiedelt. Im Englischen heißt sie Barn Owl, die Scheuneneule. Sie lebt nicht neben uns, sie lebt mit uns. Sie folgt uns in unsere Scheunen, auch wenn Tom Waits singt: »Don't go into that barn!«

Wir bremsen, um eine Maus zu schonen, und schonen, ohne es zu wissen, die Schleiereule, die die Maus gleich frisst. Sprich: *Tyto alba* ist uns einen Schritt voraus.

BLAUE HOLZBIENE

Kreta, wohin meine Familie und ich im Sommer verreisen, ist eine gezieferreiche Gegend. Ich wünschte, ich könnte von den laut schreienden Singzikaden der kretischen Tage berichten, oder von den leise rufenden Feldgrillen der griechischen Nächte. Gern spräche ich auch von jenem Totenkopffalter, der an einem Morgen leblos im Pool trieb. Betrübt klebte ich das waschelnasse Riesengeziefer an eine Oleanderstaude. Zu meiner Freude erlebte ich, wie es dort trocknete und genas, bis es dann am Abend fledermausgroß dem silbrigen Vollmond entgegengaukelte.

Aber die harte Wirklichkeit oktruiert mir ein anderes Tier: Die Liebste und ich lagen lesend am Strand. Die Liebste wechselte von einer Räkelstellung in die andere, als sie plötzlich gellend aufschrie. Im selben Moment brummelte ein petrolfarbenes Viech durch die flimmernde Luft von dannen. Während sich die Liebste unter Anleitung unserer Wirtin mit Essig behandelte, forschte ich nach dem Übeltäter: Die Große oder Blaue Holzbiene *(Xylocopa violacea)* sticht dem Vernehmen nach selten, wenn aber, dann schmerzhaft und meist nur, wenn man sie in ihrem Quartier, im »mürben Totholz«, wie das Lexikon so schön dichtet, bedrängt. Nun lag auf jenem Strand außer uns noch jene Menge mürbes Totholz, also muss die Liebste *Xylocopa violacea* wohl gegen sich aufgebracht haben.

Die Großen Holzbienen, optisch weit näher bei der Hummel als bei der Honigbiene, sind in unseren Breiten selten und streng geschützt, im Mittelmeerraum aber häufig anzutreffen. Als sogenannte Nektarräuber gehen sie bei der Nahrungssuche nicht zimperlich vor. Mit ihrem schlagbohrerartigen Saugrüssel durchstoßen sie die Blütekelche von Lippen- oder Schmetterlingsblütlern und manchmal eben auch die Haut eines mutmaßlichen Feindes.

Nach drei Tagen war das doch recht geschwollene Wadl der Liebsten wieder normal, und Kreta lieben wir noch immer.

BLINDSCHLEICHE

Wenn es ein Nischenreptil gibt, hierzulande, dann ist es wohl dieses: Voilà – *Anguis fragilis*, die Blindschleiche.

Der Blindschleiche wird mit viel Blödheit begegnet, wenn der Tag lang ist. Schon Carl von Linné, der ihr den wissenschaftlichen Namen verlieh, wandelte auf falscher Spur, als er ihr den Familiennamen *Anguis* verlieh, denn dieser bedeutet Schlange. Der Vorname *fragilis* ist da schon stimmiger, »zerbrechlich« nämlich meint, dass die Blindschleiche ihren Schwanz abwerfen kann, wenn Gefahr droht, womit sie sich klar als Verwandte der Eidechsen ausweist. Auch »Blind« ist Unfug, »plintslîcho« hieß im Althochdeutschen so viel wie blendende Schleiche und spielt auf das silbern glitzernde Schuppenkleid des insektenvertilgenden Kriechtieres an.

Unlängst weilten die Kernfamilie und ich auf dem Mostviertler Kinderbauernhof, als die SUV-fahrenden Miturlauber aus dem Mödlinger Raum zu schreien begann: »Pass auf! Eine Schlange!« Ich musste nicht einmal hingehen, und wusste schon, dass die Unkundigen eine Blindschleiche gefunden hatten, denn die Stelle zwischen Stallmauer und dem Unkraut am Ufer des Baches ist prädestiniert für Anguis fragilis.

Blindschleiche!, brüllte ich aus der Entfernung. Harmlos!, brüllte ich, und die Mödlinger SUVs verstummten. Später sah ich die Schleiche dann zwischen den Brennnesseln liegen. Zwinkernd mit ihren Lidern, die sie im Gegensatz zu den Schlangen bewegen kann. Züngelnd aus ihrem Mund, den sie im Gegensatz zu den Schlangen zum Züngelzwecke öffnen muss. Aber sie hatte es geschafft. Manch andere werden erschlagen. Aus schierer Blödheit.

JUNIKÄFER

Im zweiten Jahr meiner durchaus wechselhaften gymnasialen Laufbahn begleitete ich über Pfingsten einen Schulkollegen zu dessen Großeltern nach Kärnten. Fünf Tage standen uns zur Verfügung, am dritten wurde uns fad. Da verkündete mein Freund, er habe gehört, dass am Gemeindeamt für ein Halbliter-Rexglasl voller Maikäfer, welche in jenem Jahr an der Schwelle zu den 1980ern eine Plage darstellten, fünf Schilling bezahlt würden. Wir besorgten Gläser und brachen auf in die von Obstbäumen gesprenkelten Wiesen am malerischen Fluss Gail. Tatsächlich fanden wir Maikäfer, die mir etwas mickrig vorkamen. Aber das nahm ich hin, es schien mir verständlich, dass das Bundesland, das den höchsten österreichischen Berggipfel sein Eigen nannte, dafür kleinere Maikäfer beherbergte.

Mehrere Stunden und zwei mittlere Sonnenbrände später hatten wir endlich wenigstens eines der beiden Glasln gefüllt, wir beschlossen, dass die Umwandlung des Erlöses in Stollwerck-Zuckerln uns zufriedenstellen würde, und erreichten das Gemeindeamt, kurz bevor es schloss. »Des san doch kaane Maikäfa!«, schrie uns der genervte Amtmann an. »De stengan womeglich goa unta Natuaschutz!« Das schien uns zwar beiden ein Blödsinn zu sein, bedachte man die Massenhaftigkeit des Kerbtiers, trotzdem verließen wir überstürzt das Gemeindeamt. Draußen öffneten wir unser Glas. Was da nun gemächlich herauskroch, Halme erklomm, um davonzufliegen, und uns keines Blickes würdigte, war eine Mehrhundertschaft Gerippter Brachkäfer *(Amphimallon solstitiale)*, die man weithin als Junikäfer kennt.

Der Trivialname Junikäfer wird vom Volksmund bisweilen

auch für den Gartenlaubkäfer verwendet, meist sind aber die Brachkäfer gemeint. Den Namen haben sie von ihrer Eigenschaft, in lauen Juninächten gern auch in großen Schwärmen den sommerlichen Luftraum zu durchschwirren. *Amphimallon solstitiale* gehört wie auch der Maikäfer zu den Blatthornkäfern, auf den ersten Blick ist tatsächlich auch Ähnlichkeit vorhanden. Aber selbst wenn man von der Tatsache absieht, dass Gerippte Brachkäfer nicht einmal halb so groß werden wie die klassischen Quälgeister des Wilhelm Busch, erkennt man den Unterschied auch an den typisch gerippten Flügelschildern und an dem kleinen feinen Pelzchen, das der Brachkäfer an Seiten und Bauch trägt.

Nach den mittsommerlichen Hochzeitsflügen legen die befruchteten Weibchen etwa 35 Eier in den Boden ab. Die Larven, die abermals den Engerlingen des Maikäfers ähnlich, aber nicht gleichschauen, brauchen drei Jahre für ihre Entwicklung, in deren Verlauf sie zu kleinen Monstren von fünfeinhalb Zentimeter Länge heranwachsen. Sie verzehren Wurzeln, derweil die erwachsenen Tiere von Blättern und Blüten leben.

Von unserem damaligen Fang behielten wir uns zwei Junikäfer mit ein paar Löwenzähnen im Glas. In der dunklen Kärntner Nacht lasen wir vom großen Maikäferplagejahr 1938 in Schleswig-Holstein, als die Nazi-Agrarbehörden fünf Pfennig für das Kilo Maikäfer bezahlten. Am Ende der Saison wurden sagenhafte zweihundert Tonnen abgerechnet.

So schliefen wir ein, und am anderen Morgen waren unsere letzten beiden Junikäfer verschwunden. Schon fehlten sie uns.

FEUERSALAMANDER

Christian Krachts Roman »Imperium«, den ich grad lese, ist ein gutes Buch. Nur eins stört mich. Der Hauptfigur werden die »melancholischen Augen des Salamanders« zugeschrieben. Kracht, haben Sie jemals dem Feuersalamander ins Auge geblickt? Sein G'schau ist sardonisch, sarkastisch, vielleicht arrogant, aber sicher nicht melancholisch.

Es war im letzten Spätsommer, ein verregnetes, dampfendes Wochenende. Meine Liebste hatte zu arbeiten, und die Kinder waren, mhm, unausgelastet, und so schlug ich vor, nach Neuwaldegg zu fahren, um beim Hanslteich die Feuersalamander zu treffen. Zufällig weiß ich nämlich, dass es dort sehr viele gibt, theoretisch. Wir marschierten lang und motivationsintensiv durch den Wienerwald, und als wir das betreffende Forststück erreichten, war dort kein einziger Salamander. Mein ältester Sohn, stets eloquent, sagte mir nach dem tropfnassen Rückweg: Papa, das war einer der sinnlosesten Spaziergänge meines Lebens. Und die Kleinen hörten auf zu glauben, dass es den Feuersalamander überhaupt gibt.

Aber o ja! Er existiert. *Salamandra salamandra*, im bajuwarischen Volksmunde auch das Tattermandl genannt, ist mit über zwanzig Zentimeter Länge einer der größten Lurche der Alten Welt. Er ist Lebendgebärer, Einzelgänger und Nachtgeist, zudem schwach giftig, weswegen ihn die Natur mit knalliger Warnfarbe ausgestattet hat.

Das Schicksal aber hat mich rehabilitiert. Letzte Woche gingen wir alle fünf in den Wienerwald, vom Latisberg über die Kreuzeiche zum Agnesbründl, und da waren sie! Direkt am Weg, zwei hungrige Riesen des Frühjahrs. Der kondensierende Nebel machte kleine Perlen auf ihrer lackschwarzen Haut.

Ich griff mir die Amphibien, weil, wie gesagt, nur schwach giftig. Die Kinder staunten und glaubten ihrem Vater wieder. Die Salamander marschierten anschließend davon, empört, fassungslos, ruppig – aber mit Sicherheit nicht melancholisch.

STEINKAUZ

Dieses Jahr waren meine Lieben und ich zu Ostern auf einer kroatischen Insel, auf Lošinj. Mit Freunden bewohnten wir ein steinernes Hotel, direkt am Hafen eines kleinen Dorfes. Unser Balkon ging auf einen verkrauteten, von riesigen Pinien überschatteten Park hinaus. Abends kam das Dorf früh zur Ruhe, der halbe Mond erschien bisweilen zwischen fetzenartigen Wolken. Der Meerwind zerstrubbelte die Pinien, und dann ertönten diese Rufe. Kuuii. Kuuii. Kuuuiii! Es kam von irgendwo aus den Pinien, später aus dem dahinterliegenden Mauerwerk, und dann wieder von oben, als säße der mahnende Rufer auf dem Dach. Der Ort veränderte sich, was aber gleich blieb, mit einer fast digitalen Präzision, war das Intervall der Rufe. Alle sieben Sekunden, zählte ich. Es musste ein Vogel sein, aber welcher? Anderntags, in der Abenddämmerung, entdeckte ich ihn dann. Ich sah erst nur die weiße Katze, die buckelig und mit gesträubtem Fell auf einem Weg durch den Park saß. Dann, vor ihr, das winzige Eulchen. Dieses hockte vor einer toten Maus, und immer, wenn die Katze näher kommen wollte, sandte die Eule ihr einen kalten Blick aus zitronengelben Augen, und die viel größere Katze verhielt und erhöhte noch ihren Buckel. Irgendwann schnappte die Eule nach der Maus und verschwand Richtung Kirchturm. Ich ging aufs Hotelzimmer und suchte das Bestimmungsbuch: Ich hatte gehört und gesehen, was die Zoologie als *Athene noctua* bezeichnet, also einen Steinkauz. Dieser kleine europäische Eulenvogel ist hier, im Mittelmeergebiet, noch immer weit verbreitet, sogar häufig. Bei uns, lernte ich, ist er bis zum Verschwinden selten geworden. *Athene noctua* ist zwar ein jahrtausendelanger Kulturfolger des Menschen, aber mit der heutigen Kultur kommt er irgendwie nicht mehr mit. Denn offene, reich gestaltete Agrar- oder auch Parklandschaften, die über viel Unterholz und sonstige Schlupfwinkel verfügen, fallen der Industrialisierung der Landwirtschaft zum Opfer.

Es gibt Darstellungen aus der Mongolei, die den Kauz schon vor 7000 Jahren in Menschennähe zeigen. Im antiken Griechenland war er der Vogel, der die Weisheitsgöttin Athene überallhin begleitete. Im Abendland wurde er zum Totenvogel, sein Kuii-kuuii-kuuii wurde als »Komm-mit-komm-mit-komm-mit« (miss)verstanden.

Athene noctua wird selten größer als zwanzig Zentimeter, was nicht größer ist als eine Drossel. Das Gefieder ist von einem gedeckten rötlichen Braun. Steinkäuze sind Mäusejäger in der Hauptsache, weisen aber auch Grillen, kleinere Amphibien oder Reptilien nicht von der Esstischkante.

Meist in hohlen Bäumen ziehen die Käuze ihre drei bis fünf Jungvögel auf. Zu Mittsommer etwa sind die Kindchen dann flügge, und dann ist die Nacht plötzlich voller Käuze. Ich durfte *Athene noctua* heuer noch einmal wiedersehen: Am Anfang des Sommers spielte ich mit meiner Band im nördlichen Niederösterreich und traf genau auf so eine flügge werdende Steinkauzbrut, direkt am Kirchplatz, vor dem Gasthof, in dem wir übernachteten. Der ganze Nachthimmel rief mir zu, ich solle mitkommen.

HIRSCHKÄFER

Ich wollte von Fledermäusen schreiben, genauer: vom Grauen Langohr. Aber das hole ich später nach. Eine, hm, Begegnung ist mir dazwischengekommen. Ein Rendezvous mit einem Wesen, das ich im ersten Augenblick für eine Fledermaus hielt, das dann aber doch ein Hirschkäfer *(Lucanus cervus)* war. Aber von Anfang an.

Die Frau meines Lebens und ich begaben uns nach Wiesen im mittleren Burgenlande, um dort meinen ältesten und größten Helden »in Show and Concert«, wie er selbst sagt, zu sehen: Bob Dylan. Die Bob-Dylan-Fans sind ja nicht unangenehm. Der Vandale und der Surm sind selten unter ihnen zu finden. Meist sind es Männer in den besten Jahren, die mit leiser, aber eindringlicher Stimme auf die Frauen an ihrer Seite einsprechen: fast immer Theorien über das riesige und rätselhafte Werk des Bob Dylan referierend. Ich war dafür zu müde, mein Baby war es auch, und so breiteten wir eine Picknickdecke auf ein kleines Hügerl, aßen Falafel und betrachteten entspannt das schönste Freiluftkonzertgelände des Landes. Ein Mann in den besten Jahren, der das Vorprogramm war, sang mit leiser und eindringlicher Stimme und sagte dazwischen Sachen über Bob Dylan. Mein Blick blieb an etwas hängen, das in der Luft war. – »Was schaust du?«, fragte die Frau meines Lebens. – »Ich glaub, da war eine Fledermaus«, sagte ich. Die Dämmerung fiel auf die Welt. Dylans riesige, urtümliche Scheinwerfer, die wie Flugzeugtriebwerke aussehen, gossen mildes Kupfer auf die Bühne. Und da war das Tier wieder. Jetzt direkt vor mir. Es flog ohne Hast und hatte ein Geweih. Ein »Bist du deppert!« entfuhr mir. »Ein Hirschkäfer!« Dylan und seine Band kamen. Sie spielten »Things Have Changed«.

Es ist genau die Zeit an der Schwelle zum Hochsommer, in der diese Göttерväter der heimischen Insektenwelt in die Luft gehen. Eine kurze Episode in ihrem eh nicht so langen Erwachsenenleben. Drei bis acht Wochen lebt so ein adultes Exemplar, da wird dann einmal geflogen, einmal geheiratet und dann schon wieder gealtert und gestorben, noch ehe der Herbst kommt. Eine Verschwendung irgendwie, wenn man bedenkt, wie hübsch, bärenstark und, ja, groß so ein Hirschkäfer ist.

Lucanus bedeutet Waldbewohner, und *cervus* heißt Hirsch. Ein alter Name für das Insekt war auch Donnergugi, denn der Hirschkäfer war dem Donnergott Thor geweiht. Die bis zu siebeneinhalb Zentimeter großen Tiere leben in lichten Laubwäldern mit Eichenbeständen. Nach der Hochzeit legt das Weibchen Eier in totes Holz, in dem sich die Larven zwischen drei und acht Jahre lang entwickeln.

Lucanus cervus steht recht weit oben auf den Roten Listen jenes Kontinentes, dessen größter Käfer er ist. Hauptursache ist das Verschwinden von »unaufgeräumten« Wäldern, in denen das Totholz liegen bleiben darf. Seit er streng geschützt ist, scheinen sich manche Bestände wieder zu erholen, aber letztlich ist er eines jener Tiere, die nur erhalten werden können, wenn ihre ganze Welt in Ordnung ist.

Wie offenbar in Wiesen. Ganz am Ende des Konzertes sahen mein Baby und ich nochmal zwei der riesigen Tiere animiert vorüberschwirren. Dylan spielte »Love Sick«.

GRAUES LANGOHR

Es war eine gute Saison: Seit Mai habe ich dauernd Fledermäuse gesehen. Ich freue mich jedes Mal wie ein kleiner Bub. Fledermäuse haben bei mir einen Stellenwert wie Sternschnuppen. Ihr Auftreten am Abend- oder Nachthimmel ist ja von ähnlicher Plötzlichkeit, ihr Verschwinden ebenso jäh. Gleich den Sternschnuppen gebe ich den Flattertieren persönliche Wünsche für mein Wohlsein mit auf den Weg. Heuer traf ich sie über einer Hotelterrasse im Salzkammergut, wo ich mit meiner Liebsten saß. Ich sah sie am Saum der Donau entlangfliegen, und sie jagten über einem Stadlauer Garten, in dem ich sinnend herumlag. Die zutraulichste Fledermaus der Saison näherte sich auf einer Festivalbühne im Voralpenland, wo sie sich ständig in die Kegel der Bühnenscheinwerfer begab, da und dort einen Nachtfalter herauspflückte und wieder verschwand. Die Scheinwerfer strahlten durch die hauchdünne Haut ihrer Flügel und ließen die Äderchen rubinrot aufleuchten.

Die Crux mit Fledermäusen ist: Man kann sie als Laie nicht bestimmen, sie fliegen zu rasch und schauen in der Luft irgendwie alle gleich aus. Einmal durfte ich dabei sein, als eine Gruppe von Zoologen die Tierarten des Wiener Praters zählte, darunter auch diese Fledermaus-Koriphäen. Die Zoologen hatten so ein Kisterl mit, das die Rufe der Fledermäuse nicht nur hörbar machte, sondern auch frequenzmäßig analysierte. Da zwitscherte es dann etwa fiiepfipfip aus dem Kisterl, und ein Fledermausguru rief aus: »Aaah, ein Abendsegler!« – Aaah!, sprachen wir anderen ihm nach.

Solche Hilfsmittel habe ich nicht. Daher sage ich sicherheitshalber bei jeder Fledermaus, die vorbeifliegt: Wahrscheinlich ein Graues Langohr! – Ja, warum? Das Graue Langohr ist in Österreich weit verbreitet, es trägt unsere Heimat sogar im Namen, *Plecotus austriacus*. Also ist meine Treffer-Chance hoch. Und überdies war eine solche Fledermaus die einzige, der ich je wirklich nahe gekommen bin. Am Friedhof des Tiroler Dorfes, in dem meine Familie ferial zugange ist, fand ich sie, da war ich zehn oder zwölf. Sie hockte auf einem Grab und schmiegte sich sodann, vom Sonnenlicht geblendet, dankbar in das Dunkel meiner hohlen Hand. In der Meinung, sie sei krank, nahm ich sie mit nach Haus in mein Zimmer. Dort rührte sie selbstverständlich weder die dargebotene Milch an, noch nahm sie von der Untertasse mit den toten Stubenfliegen. Vielmehr flog sie am Abend aus dem geöffneten Fenster und ward nimmermehr gesehen.

Sie hatte ein seidiges, schlammgraues Fell, kleine scharfe Zähnchen und diese riesigen Ohren, jedes davon etwa so groß wie der ganze Körper. Als sie die Flügel entfaltete, umspannten diese einen knappen Viertelmeter. Nachdem sie fort war, las ich im Bestimmungsbuch, dass *Plecotus austriacus* im Gegensatz zu seinem nahen Verwandten, dem Braunen Langohr, dem Menschen gern in seine Behausungen folgt. Im Herbst zieht man in großen Gruppen in Höhlen, wo man noch schnell Hochzeit feiert und dann überwintert. Im Frühling kommen die Grauen Baby-Langohren zur Welt. Bis zu dreißig Jahre alt werden sie.

Und, habe ich es schon gesagt? – Sie sind wunderschön. Fledermäuse schlechthin.

SCHWALBENSCHWANZ

Es war ein Tag, der wirkte, als hätte ihn zuvor ein Impressionist gemalt, und wir, meine Liebste, unsere Kinder und ich, wir müssten ihn jetzt nur noch nachstellen. Mit Freunden waren wir ins Höllental gefahren, das wie ein tiefer, smaragdgrüner Spalt zwischen Rax und Schneeberg liegt. Da fließt der Fluss Schwarza, eigentlich nicht viel mehr als ein gewundener, eiskalter, glasklarer Wildbach, der die Eigenschaft hat, jene Menschen zu erneuern, die sich in seine Fluten wagen. Im Höllental gibt es Kiesbänke, Weiden und Eschen, die das Wasser säumen, wilde Orchideen, Huflattichblätter, groß wie Speiszimmertische, Raubvögel, die wie geheimnisvolle asiatische Schriftzeichen zwischen den Felswänden am Himmel stehen. Forellen wachen bewegungslos in ihren Gumpen und lösen sich in nichts auf, sobald der erhitzte Mensch in den nämlichen Gumpen hineingehupft ist.

Wir lagen blinzelnd und dösend in der Mittagsstunde herum, als ich die Schmetterlinge bemerkte. Es waren zwei große Falter, gelblich mit schwarzer Zeichnung und kleinen rötlichen Flecken. Die beiden sahen völlig ident aus und verhielten sich völlig ident, was ihren ausgefeilten, geradezu choreografierten Flug anging. Wie Spiegelbilder ihrer selbst zuckelten sie erst die Böschung empor, ehe sie dann in vier, fünf Meter Höhe wendeten und über den Fluss hinaussegelten. Dort verloren sie aufgrund der kühleren Luft rasch an Höhe, schienen dieses gefährliche Spiel aber zu genießen, sanken bis fast in die gefährlichen Stromschnellen hinab und retteten sich erst im letzten Moment wieder an den Strand. Dann begann ein neuer Aufstieg, unaufhaltsam und nur manchmal von kurzen Rasten an Waldblumen unterbrochen.

»Hast du die Schmetterlinge gesehen«, rief meine Tochter, auf einem Stein über dem Wasser sitzend. Ich sagte, erstens ja und dies hier sei zweitens der Schwalbenschwanz *(Papilio machaon)*, ex aequo mit dem nahe verwandten Segelfalter der größte Tagfalter unserer Breiten. *Papilio machaon,* der seinen deutschen Namen von den schwarzen, spitzen Fortsätzen an seinen Flügeln hat, ist selten und war es schon vor vierzig Jahren in meiner Kindheit. Damals sah man auf Ausflügen eher das Tagpfauenauge, den Admiral oder den Kleinen Fuchs. Ein Schwalbenschwanz galt als Sensation. Und jetzt hier gleich zwei!

Der Schwalbenschwanz liebt es sonnig, und seine Raupen brauchen klassische Bauerngartl-Gewächse als Nahrung: Fenchel, Dille, Pastinaken oder Karotten. Die feisten, in Grün-Orange und Schwarz gemusterten Raupen besitzen als schrecklichste Waffen ihre fast neonfarbene sogenannte Nackengabel, auch Osmaterium genannt, mit der sie einen Geruch absondern, der Fressfeinde in die Flucht schlägt.

Daheim zog ich mein Insektenbestimmungsbuch heraus und las über das sonderbare Flugverhalten. Was ich gesehen hatte, war das sogenannte »Hill-Topping«, ein Balzflug. Das Luftballett der beiden begabten Aeronauten hatte nichts anderes bedeutet als: Cherchez la femme! Fügt sich total ins impressionistische Gemälde.

WÜRFELNATTER

Wo ich das nun vorzustellende Tier getroffen habe, verrate ich ob seiner großen Seltenheit nicht. Immerhin hab ich es in meinem Leben, im dem ich nicht zu knapp nach solchen und ähnlichen Viechern Ausschau gehalten habe, gerade dieses eine Mal gesehen. Und immerhin verrate ich Folgendes: Die Begegnung fand innerhalb der Grenzen der weltbesten Stadt Wien statt – das ist erregend und spricht für die Naturnähe unsere Kapitale. Es war jenseits der Donau, doch nicht weit von ihr entfernt. Ich schwamm durch ein stilles Wasser, als ich auf einem von Sonne und Wind gegerbten, vor langer Zeit gestürzten Pappelstamm eine Bewegung wahrnahm. Ich erstarrte und sah, dass sich auf dem Stamm eine ziemlich verknäulte Schlange räkelte, von hellem Grau mit einem Muster aus ineinander übergehenden dunkleren Flecken. Einen kurzen, ebenso ignoranten wie furchtsamen Moment lang hielt ich das Tier für eine Kreuzotter. Ignorant deshalb, weil (wie mir dann eh gleich einfiel) Kreuzottern im trocken-warmen Gebirge und nicht in der feuchten Au leben, und überdies gedrungen und irgendwie kopflastig sind. Außerdem haben sie senkrecht stehende Vipern-Pupillen. Mein Gegenüber hingegen war zwar ähnlich gemustert wie eine Otter, dabei aber von schlankem Wuchs, und sie hatte die runden Pupillen der Nattern. Letzteres sah ich nur ein, zwei Sekunden lang, dann ließ sich das grauschuppige Knäuel ins Wasser fallen und tauchte unter. Aber der eine Augen-Blick im wahrsten Sinn des Wortes hatte mir bewiesen: Es handelte sich um die fesche, geradezu fabelhaft seltene und scheue Würfelnatter.

Natrix tessellata ist hierzulande die rarste Spezies ihrer Familie. Sie lebt im Donautal (soweit dort noch natürliche Gestade zur Verfügung sind) und etwas häufiger an Kärntner und steirischen Flüssen wie Gail, Drau oder Mur. Anders als die Ringelnatter, die ebenfalls Uferlandschaften bewohnt, aber auch in anderen Lebenswelten vorkommt, ist sie exklusiv ans Waser gebunden. Die Würfelnatter lebt von Fischen und kleinen Amphibien, den Großteil ihrer Jagden bestreitet sie in und unter dem Wasser. Sie ist die Meisterschwimmerin unter den einheimischen Reptilien, ihre Augen und Nasenlöcher sind auf dem Schädel weiter nach oben gerückt, weswegen sie flacher und unauffälliger im Wasser an die Beute herankommt als ihre Verwandtschaft. Die Nattern sind deutlich kleiner als Ringel- und Äskulapnattern, selbst die Weibchen, die wie bei den meisten Schlangen größer werden, bleiben klar unter einem Meter.

Würfelnattern jagen gern in der milden Sonne des Nachmittags und frühen Abends, wenn die Fische an die Oberfläche kommen. Ein paar Wochen nach Verlassen der Winterquartiere schreiten, sprich: kreuchen die Würfelnattern zur Hochzeit. Dabei sind sie vorübergehend richtige Herdentiere, es bilden sich immer wieder große und schwer zu durchschauende »Paarungsknäuel«. Im Hochsommer suchen die Weibchen gleichermaßen warme wie geschützte Stellen auf und legen in den weichen Erdboden oder unter Holzstücke ihre bis zu 25 Eier. Wenn die Jungtiere schlüpfen, sind sie bereits rund zwanzig Zentimeter lang, aber von großer Zartheit, was ihnen zahlreiche Fressfeinde von Hecht bis Ratte und Stockente beschert.

Wer es aber schafft, wächst zur schuppigen Zierde des Auwalds heran. Zumindest solange Letzterer noch steht.

MEHLSCHWALBE

Auf der Welt ist so vieles schwer zu erkennen und noch schwerer zu deuten. Wie gut also, dass es Schwalben gibt. Schwalben, ja, sie sind der Sommer. So viel ist sicher.

Schwalben erkennt fast jeder Mensch, selbst Vulgär- und Nichtzoologen. Mehr noch, die meisten Zeitgenossen können sogar zwischen den hauptsächlich bei uns residenten Spezies Rauch- und Mehlschwalbe unterscheiden. Erstere hat ein rotes Halsband und einen lang gespitzten Gabelschwanz, Zweitere *(Delichon urbicum)* ein mehlweißes Bäuchlein und einen nur andeutungsweise gegabelten Schwanz. Ihr wollen wir uns heute widmen.

Mehlschwalben, die das gesamte Eurasien besiedeln, leben in Ostasien tendenziell als wilde Bergvögel, die in steilen Felswänden in Höhen bis zu fünftausend Metern nisten. Bei uns sind sie hingegen echte Kulturfolger und das, seit der Mensch hierzulande Häuser und Ställe baut. Schwalben gehören irgendwie zu uns, wir haben sie gern. Das bedeutet, dass die Schwalben auf mannigfache Weise in die Volkskultur eingegangen sind. So sind Schwalben etwa Zeiger in der Uhr des Jahreslaufs: »Zu Mariä Geburt fliagn d'Schwoibm furt / Zu Mariä Verkündigung kumman d'Schwoibm wiederum.« So sagen sie uns das Wetter durch ihren Flug voraus, und das auch noch relativ verlässlich: Bei Hochdruck wagt sich das Gelserl hoch in die Lüfte und wird dort von Delichon urbicum in Höhen von bis zu zwanzig Metern erbeutet. Und wenn die Mehlschwalben handbreittief über Wiese und Wasserspiegel ziehen, sieht man im Hintergrund meist eh schon das Wetterleuchten des nahenden Gewitters.

Schwalben haben mehrere hochinteressante und auch tiefgreifend erforschte Aspekte an sich. Der raffinierte, einzigartige Bau des Schwalbennestes ist ein solcher: Mehlschwalben sind Koloniebrüter, ihre »Siedlungen« umfassen meist nur ein halbes Dutzend Nester, auch wenn es Berichte von Tausenden Nestern in einer einzigen Kolonie gibt. Die Bauten der Mehlschwalbe sind feinziselierte Maurerarbeiten aus Hunderten und Aberhunderten winzigen Lehmklümpchen, die übereinander zu einer geschlossenen Halbkugelform aufgeschichtet werden. Das Innere ist mit Laub und Halmen tapeziert, das Ganze wird im Idealfall an senkrechten Wänden unterhalb eines natürlichen oder vom Menschen geschaffenen Überhanges angebracht. In nur anderthalb Wochen entsteht ein solches Kunstwerk, und bei anderen Vogelarten erweckt es Begehrlichkeiten: Nicht selten werden gerade vollendete Schwalbennester von Spatzen, Meisen oder Zaunkönigen besetzt.

Faszinierend ist auch der jährliche Zug der Schwalben aus Europa über das Mittelmeer und die Sahara bis in ihre südafrikanischen Winterquartiere, und nicht minder reizvoll die Tatsache, wie viele der Vögel im nächsten Frühjahr wieder in ihrem Geburtsort ankommen. Nicht nur die Ortschaft wird dabei nach vielen tausend Kilometern Flug wiedergefunden, sogar das Haus, in Einzelfällen wird sogar das Geburtsnest neu besiedelt.

Hier wird es natürlich spekulativ, aber eine solche Treue scheint tatsächlich auszusagen, dass die Schwalbe uns, na ja, mag. Und so viele Tiere, die uns mögen, gibt es womöglich gar nicht.

Mit anderen Worten: Hier gilt es eine wunderschöne Freundschaft mit allen Mitteln zu erhalten.

GAMS

Wo man von Reichenau im Niederösterreichischen mit der Seilbahn auf die Rax fahren kann, sah ich früher immer diese vereinzelte Gams. Es war eine seelenruhige Gams, die gleich über der Talstation im lichten Wald äste und sich von der Gondel, deren Schatten wie ein enormes Viererpackerl Mannerschnitten über sie hinstrich, nicht verdrießen ließ. Als unsere Kinder klein waren, gab es diese seelenruhige Gams noch immer. Ich zeigte sie den unschuldigen Kleinen, und gemeinsam dachten wir uns: Wie friedlich es doch zugeht auf der Rax!

Mit dem üblichen Temperament von *Rupicapra rupicapra*, wie die Gams wissenschaftlich heißt, war ich unlängst in Tirol konfrontiert, wo ich in Begleitung der mittlerweile pubertierenden und extrem unwilligen Kinder unseren unmittelbaren Hausberg, das Hauserjoch, bestieg. Aus lokalem Snobismus heraus vermied ich die Forststraße und trieb meinen kleinen Stamm durch steilen Lärchenwald bergan, bis selbst der widerständigste Teenager keine Luft mehr zum Schimpfen hatte. Selbst eher bei wenig Atem, erreichte ich schließlich das Joch, wo ich die Gamsen sah. Es waren vier oder fünf, die da im hochsommerlichen Kraut weideten. Das heißt: Ich glaube mittlerweile, dass ich das Ursprungsbild, also jenes der weidenden Gamsen, in meinem Kopf konstruiert habe, denn so schnell, wie diese Tiere flohen, kann ich eigentlich gar nicht schauen. Was ich tatsächlich sah, waren vier oder fünf graubraune Schemen, die beinah senkrecht zwischen den Latschen hinaufsausten, und dann sah ich, Sekunden später und etwa zweihundert Meter über mir, noch eine einzelne Gams, die irgendwie mitleidig auf mich herabzublicken schien.

Wahrscheinlich sind die Tiroler Gamsen doch anders als jene auf der Rax, so dachte ich.

Es wird Ihnen auffallen, dass ich mich entgegen sonstiger Vorlieben hier ausnahmsweise der Waidsprache bediene. Das hat damit zu tun, dass ich das seit der letzten Rechtschreibreform gültige deutsche Wort für *Rupicapra rupicapra* – na gut, einmal: Gämse – nicht verwenden mag. Gemse war okay, die neue Form hingegen beinhaltet das unschönste Umlaut-A aller Zeiten. Die Gams gehört zu den Ziegenartigen und ist ein nicht allzu großer, dabei aber sehr kräftiger Überlebenskünstler im Gebirge. Ausgrabungen haben ergeben, dass *Rupicapra rupicapra* noch vor fünf-, sechstausend Jahren weite Teile Europas besiedelt hat. Ihr heutiger Lebensraum Hochgebirge ist also weniger Bedingung als vielmehr Refugium. Im Sommer und im Herbst bis zur Paarungszeit im November leben Gamsen gesellig in Herden, im Lauf des Winters werden Grüppchen und Einzelgänger daraus.

Das traditionell in den Alpen bejagte Tier lieferte dem Bergmenschen diverse Güter: Fell und Leder, dazu wohlschmeckendes Fleisch, Krickerln für den Gehstock, Bockshaare für den Gamsbart. Immer wieder kursieren zudem Geschichten, wonach als Jungtiere gefundene Gamsen zu zahmen Haustieren werden. So löste sich auch erst vor kurzem das Rätsel um die so furchtlose Gams auf der Rax. Ein Freund, der dort öfter wandern geht, klärte mich auf, dass die mittlerweile verblichene Raxgams zahm wie ein Pinscher gewesen sei, quasi gehörnter Wachhund am Rande der wahren Wildnis.

FELDGRILLE

Als ich jung war, lud ich Schuld auf mich. Ich lebte ungebunden und frei in einem Dachkammerl des ersten Wiener Gemeindebezirks, ging jede Nacht fort, bis es hell wurde, und hatte wenig Stetiges in meinem Dasein. Höchstens mein Haustier bildete da eine Ausnahme: ein Grabfrosch, der auch als Afrikanischer Ochsenfrosch bekannt ist. Meiner, der die Größe einer Untertasse und den Bewegungsdrang eines Hydranten hatte, hörte auf den Namen Orson und bekam alle zwei Wochen dreißig ausgewachsene Feldgrillen zu essen – eine Alternative dazu wären fünf neugeborene Mäuse gewesen, aber das erschien mir etwas zu brutal. In den paar Tagen, die der Fütterung folgten, zirpten stets ein paar Überlebende im Terrarium, bis Orson sie fand und Schluss machte mit ihnen. Nur ganz wenige entwichen mir vor dem finalen Gang und sorgten anschließend dafür, dass Gäste meinen kleinen Balkon und die darunter liegende Köllnerhofgasse stets als irgendwie mediterran empfanden. Orson wurde zehn Jahre alt und übersiedelte noch mit mir in den dritten Bezirk, ehe er dort verblich.

Aber die Grillen, deren Zeit nun, im Hochsommer, angebrochen ist, sie erinnern mich immer an ihn und jene Grillen, die starben, damit er lebte und ich nicht allein war.

Gryllus campestris ist ein Tier von hohem Bekanntheitsgrad. Immer noch, obwohl sie wegen Monokulturen in der Landwirtschaft und dem damit verbundenen Verschwinden von Wiesenrändern und Rainen seltener wird. Die meisten Wiesengänger würden sie wohl auch optisch an ihrem charakteristischen schwarzen Lack-Kugelkopferl und ihrer korpulenten Gestalt erkennen, obwohl: Zu Gesicht bekommt man sie selten bis nie. Meistens stecken die Insekten in ihren bis zu einen Viertelmeter tiefen Tunnels. Aber spätestens beim Ertönen der Stimme weiß man ohnehin Bescheid: Den ebenso einsilbigen wie durchdringenden Ruf, der die lauen Abende durchsetzt, ordnet noch der naturfernste Zeitgenosse richtig zu. Was der Laie als Zirpen bezeichnet, nennt der Entomologe allerdings Stridulation – die Lauterzeugung durch das Aneinanderreiben zweiter beweglicher Körperteile. Im Fall der Feldgrille sind dies die Vorderflügel, die mit sogenannten Schrillkanten und Schrillleisten ausgerüstet sind. Damit erzeugen die Grillen in den Monaten Juni bis August wahlweise Lock- oder Kampfgesänge. Allerdings nur die Männchen, die Weibchen sind in dieser musikalischen Welt reine Zuhörer – ihre Trommelfelle sitzen übrigens in den Vorderbeinen.

So ging ich in den letzten Jahren mit ambivalenten Gefühlen durch die Sommerwiesen, glücklich über den Gesang der Grillen, aber auch ein wenig schulderfüllt wegen der alten Geschichte mit Orson.

Gottlob polt meine Liebste mich allmählich um. Sie besitzt nämlich ein Smartphone, dessen Klingelton die Stimme von *Gryllus campestris* ist. Das bedeutet: Auch wenn neuerdings draußen im Feld das Original zirpt, pardon, striduliert, so denke ich zunehmend an meine Frau, an die Liebe und lauter andere schöne Sachen. Und Orson ruht in Frieden.

FASAN

Vor gut 25 Jahren fuhr ich mit meinem ersten eigenen Auto über die Westautobahn von Wien nach Tirol. Es war ein goldener Nachmittag im Herbst. Ich fuhr schnell, ich war müde, wollte rasch ankommen und mich ausruhen. Kurz vor der Autobahnstation Salzburg-Nord gibt es eine Brücke. Dort steht eine Statue des heiligen Nepomuk. Der Nepomuk ist eher modern gestaltet, er ist nicht schön. Was nichts macht: Ein Nepomuk an dieser Stelle muss nicht schön sein, er muss seine Arbeit tun.

Ich erinnere mich, damals den Nepomuk bemerkt und innerlich begrüßt zu haben, als ich gleich danach einen großen Vogel vielleicht einen knappen Meter hoch über die Fahrbahn fliegen sah. Ich erkannte noch sein kleines, rotes Gesicht. Dann krachte es fürchterlich, und ich sah nichts mehr. Das ganze Auto schwankte, und die Windschutzscheibe war auf einmal mit einem Flokatiteppich aus Blut und winzigen Federln bedeckt. Einige dieser Federln drangen durch die Lüftung in den Innenraum. Es war schwierig, nicht in Panik zu geraten. Scheibenwischer und -putzmittel verschlimmerten alles nur. Ich fuhr also mit Alarmblinker, vom heiligen Nepomuk behütet, nach rechts und anschließend, den Kopf zwecks Orientierung durchs offene Seitenfenster gestreckt, zur Raststelle.

Als ich dort ankam, hatten Blut und Flaum auch mein Gesicht bedeckt.

»So ein Saustall«, sagte irgendwie anerkennend der dort damals noch Dienst tuende Tankwart, als er mein zerbeultes, blutverschmiertes Auto sah. »Ja«, sagte ich schockiert. Näher bin ich einem Fasan nie wieder gekommen.

Der Fasan *(Phasianus colchicus)* ist ursprünglich ein Asiat, der seit der Antike als Zier-, Jagd- und Speisevogel auch diesseits des Schwarzen Meeres heimisch gemacht wurde. Sein Zuname colchicus weist auf die antike Landschaft Kolchis hin, wo Jason nach dem Goldenen Vlies suchte und sich zwischendurch an prächtigen Hühnervögeln labte – das erste Auftauchen des Fasans in der abendländischen Kultur.

Schon bald machte sich der Fasan auf zur Eroberung Europas. Zunächst noch vom Menschen geführt – Karl der Große etwa hielt Fasane auf seinen Pfalzen –, später durch Auswilderung und entkommene Vögel auf eigene Faust. Heute besiedelt *Phasianus colchicus* mit Ausnahme der Iberischen Halbinsel weite Teile unseres Kontinents. Bald schon wurden Fasane zum beliebten Jagdwild, galten dabei bis in die Neuzeit hinein als Hochwild, also dem Adel vorbehalten.

Der bis zu einem Meter lange Vogel ist ein auffälliger und unverwechselbarer Bewohner seines Lebensraums, der lichten Wälder und Kulturlandschaften. Die Tiere leben zur Brutzeit territorial, ein Hahn mit einer oder zwei Hennen. Im Winter vergesellschaften sich die Vögel gern, mitunter nach Geschlechtern getrennt. Fasane fressen hauptsächlich Samen, Wurzeln oder Beeren, zu einem kleinen Teil auch Wirbellose oder andere Kleintiere. Die christliche Mythologie des Abendlandes rückte den wohlschmeckenden Vogel, dessen Verzehr als Luxus galt, in die Nähe der Todsünde Völlerei. Im Volksglauben schloss man aus der Tatsache, dass Fasane Jäger und Hund vom Gelege weglocken, der Vogel sei des Teufels – wie oft, wenn sich ein Tier herausnimmt, fallweise klüger als der Mensch zu sein.

Der Salzburger Tankwart gratulierte mir damals geradezu zu meinem Fasan. Er sagte: »Bei an Hasen hättens an Totalschaden. Bei an Reh waratns tot.« Ich bedaure bis heute den damals verstorbenen Vogel und ehre den heiligen Nepomuk.

SAUGBARBE

Meine Lieben und ich, wir fahren sommers immer an denselben Ort am Meer. Wir fliegen nach Kreta, und dann fahren wir mit dem Auto eine krankhaft gewundene Straße entlang über die Berge nach Süden, wobei Teile der Familie speiben, andere nicht. Im Süden sitzen wir dann in unserem Dorf, das zu den genüsslichsten Dörfern der Welt gehört, und bewegen uns kaum, bis die drei Wochen um sind. Aber einmal machen wir stets einen Ausflug, fast immer nach Chania, in die orientalische Schönheit unter den kretischen Städten. Da treiben wir uns dann herum und finden heraus, was das heiße Dings der Saison ist. Das, was alle machen, einmal zumindest. In einem Jahr ließen sich alle zum Beispiel so kleine Zopferln in die dünnen, blonden Europäerhaare flechten, im nächsten Jahr kauften alle Tomaten aus einer Art Kunstschleim, die man zu Boden schleuderte, worauf sie sich auflösten und dann selbst wieder zur Tomate formten. Alles lustig, alles relativ sinnlos. Aber heuer!

Heuer fielen sie uns gleich auf, in den Gassen Chanias: so kleine Gassenlokale mit Aufschriften wie Doctor-Fish-Institute oder Feet-Shop. Diese Läden, meist in ein beruhigend bläuliches Licht getaucht, enthielten eine große Zahl auf dem Boden stehender Aquarien, in denen unzählige, fast kaulquappenartig mickrige Fischerln schwammen. Über den Aquarien standen Fauteuils auf Sockeln, in den Fauteuils saßen Touristen, steckten die Füße in die Aquarien und – wir erschauderten: Die Fische knabberten an den Füßen herum. Beim dritten oder vierten Fußfisch-Institut hatten wir uns daran gewöhnt und wagten den Selbstversuch. Alle fünf traten wir ein, eine freundliche Kreterin wusch uns die

Füße, stellte die Eieruhr auf eine Viertelstunde, und wir versenkten unsere Extremitäten in den Becken.

Das Gefühl, ich muss es sagen, war unglaublich. Zunächst dachte man, vor Kitzelei zu sterben, dann trat der Lachreiz in den Hintergrund, und man fühlte eine große bilaterale Zärtlichkeit, also die Zärtlichkeit der Fische, die abgestorbene Partikel der Hornhaut umsichtig vom Sprudler nagten, und umgekehrt: Zärtlichkeit für die kleinen Fische und ihre hingebungsvolle Tätigkeit.

Der dienstbare Geist ist in der Zoologie als *Garra rufa* oder auch Rötliche Saugbarbe bekannt und gehört zur Familie der Karpfenfische *(Cyprinidae)*. Man nennt den maximal fünfzehn Zentimeter großen Fisch auch den Kangal-Fisch, nach einer Population in der südlichen Türkei. Außerdem kommt *Garra rufa* auch im Euphrat-Tigris-Becken sowie im Jordan vor. Charakteristisch für den geselligen Fisch ist, dass er in warmen, nährstoffarmen Gewässern vorkommt und bei der Essenssuche findig sein muss. Wohl deshalb fehlt ihm auch die Scheu davor, auf viel größere Spezies zuzuschwimmen und ihnen die Haut von abgestorbenen Teilchen zu befreien.

Da draußen streiten Befürworter und Gegner, ob die Saugbarbe und ihre Pedikür-Funktion eine hinreißende Laune der Natur ist, oder ob ihre Nutzung nicht vielmehr unhygienisch und sogar riskant ist. Immerhin: Das Übertragen von Keimen und Krankheiten wie der durch Knabberfische behandelten Psoriasis ist noch nicht nachgewiesen. Wir jedenfalls genossen das heurige heiße Dings von Chania. Wenngleich das harte Pflaster Wiens alles bald wieder kaputtmachte.

BACHFORELLE

Als Bub verbrachte ich drei Sommer sennend auf einer Hochalm. Dort lernte ich so manches, nicht aber fischen. Der Almerer hatte uns verboten, mit Angeln an den Wildbach zu gehen. Denn dann würde »der Fischer« kommen, der Lizenzbesitzer, uns verprügeln und ihn, den Almerer, anzeigen. Bei sonstigen Methoden würde er wegschauen, sagte unser Chef.

Mein Freund R. und ich probierten es, unbequem auf Uferfelsen liegend, mit der Hand. Nach ein paar erfolglosen Tagen verließ uns die Lust. Kamerad S. verlegte sich auf Reusen. Und M., der Vierte im Bunde, suchte riesige Äste, die er aufs Wasser donnern ließ, quasi Dynamitfischen ohne Dynamit. M. war am zähesten, er jagte noch, als wir anderen längst neuen Beschäftigungen nachgingen.

Die Bachforelle *(Salmo trutta)* ist alles andere denn eine leichte Beute. Der Raubfisch, der sich hauptsächlich von Insekten ernährt, ist blitzschnell. Der in ganz Europa heimische Flussfisch hat eine einzige Achillesferse, und dies ist seine Standorttreue. Das heißt: Auch die noch so bedrohte Forelle wird immer wieder an ihren Stammplatz zurückkehren. Die Bachforelle war bereits früher bedroht. Doch der Verdrängung durch die aus den USA eingeschleppten Regenbogenforellen hat sie widerstanden. Nun tauchen neue Gefahren auf. Forscher der Universität Graz gehen der Frage nach, welche Folgen der künstliche »Besatz« mit Artgenossen aus Dänemark oder Deutschland hat. Der Biologe Steven Weiss, der die Untersuchung leitet, hat herausgefunden, dass diese Maßnahmen der Sportfischerei die natürliche Selektion verhindert. Natürliche Selektion – das hieß wohl einst, uns

Buben zu überleben. Freund M. überraschte uns übrigens am Ende des Sommers mit einem ramponierten Forellenkopf. Den Restfisch habe er mit seiner Keule zertrümmert. Bis heute wissen wir nicht, ob er den Kopf nicht einfach am Ufer gefunden hat.

MAUERSEGLER

Die Hans Guckindielufts in den großen Städten haben die Nase vorn, behaupte ich gern. Manchmal fallen sie zwar auf die Schnauze, aber dafür bleibt ihnen die Depression ihrer Antagonisten, der Trottoir-Schauer, erspart. Während diese nämlich die graubraunen Landkarten von Hundelulu auf greisem Asphalt betrachten müssen, sehen jene die stolzen Karyatiden an den ehrwürdigen Häusern und weiter oben gar den Himmel – mit seinen Vögeln.

Ja, die Vögel in der Stadt. So viele sind es nicht. Der Hans Guckindieluft wird bald ihre Flugbilder kennen. Die fliegenden Schabracken der Nebelkrähen. Die schnittige Silhouette des Turmfalken, des Dart-Spielers im urbanen Luftraum. Die fetten Enten, die wie Tupolew-Transporter stracks auf die alten Semmeln im Teich des Stadtparks zufliegen. Und jetzt, ab Mai, wieder die begnadeten Körper des Stadthimmels: Schlanke Sicheln zerschneiden den Vorsommer- und Sommerhimmel, der Himmel scheint gellend zu schreien, dabei rufen die Vögel selbst: Voilà – die Mauersegler sind wieder da.

Der Mauersegler *(Apus apus)* wird von betagteren Wienern auch als Mauaschwoim bezeichnet. Dabei sind die Segler mit den Schwalben nicht näher verwandt, die Ähnlichkeit in Aussehen und Verhalten beruht auf konvergenter Evolution, was bedeutet, dass sich nicht verwandte Arten aneinander annähern, weil ihre Lebensbedingungen so ähnlich sind. Der von Insekten lebende Mauersegler wird bis zu zweihundert Stundenkilometer schnell, er verbringt den Löwenanteil seines Lebens in der Luft. Außerhalb der Brutzeit schläft er auch dort. Dafür schrauben sich die etwa vierzig Gramm schweren Tiere bis zu drei Kilometer hoch, drosseln das Tempo auf gute zwanzig Stundenkilometer und halten Siesta.

Den Winter verbringen die Mauersegler übrigens in Afrika, meist südlich des Äquators. Im Sommer gehören sie zu unseren Kronjuwelen. Kein Wien ohne sie.

SPITZHORNSCHNECKE

Das Lusthauswasser im Grünen Prater war und ist mein Jagdgebiet. Weite Teile meiner Kindheit verbrachte ich dort, um Tümpelwesen aller Art zu beobachten. Die Magie des Binnenwassers zwischen Lusthaus und Freudenau fährt bei mir bis heute. Ich verlasse etwa Picknicks für mehrere Stunden, wenn ich die Chance habe, einem Seefrosch ins missmutige Goldauge zu schauen.

Wenn es nächtens stürmt, wie unlängst öfter, dann kann man am Tag etwas Schönes auf dem Lusthauswasser sehen: Hunderte große Wasserschnecken, die bei dem stürmische Gerüttel von Schilf und Wasserpest losgerissen wurden und sich nun windenden Fußes am Wasser treiben lassen, bis jede wieder Halt und Ziel hat. Es sind die Spitzhornschnecken (korrekt: Spitzschlammschnecken – *Lymnaea stagnalis*), die Goliaths unter den heimischen Wasserlungenschnecken. Die als Zwitter lebenden Tiere tragen ein beeindruckendes Gehäuse mit siebeneinhalb Windungen, das fingerlang werden kann.

Ich habe ein zärtliches Verhältnis zu Spitzhornschnecken. Als Bub hielt ich vier Kammmolche, die ich aus einer vor dem Zuschütten bedrohten Deponie mitgenommen hatte. Die Molche waren große, hungrige Saubartel, die ihr Aquarium regelmäßig umgruben, zugackten und verschleimten. Ein Freund riet mir zur Spitzhornschnecke (»sowas wie ein Scheibenwischer«), und ich setzte vier davon zu den Molchen. Tatsächlich zog heinzelmännchenartige Ordnung im Becken ein. Die Scheiben waren sauber, den Schweinestall am Boden fraßen die Spitzhörner auch.

Das Idyll dauerte an, bis die Schnecken laichten. Ich freute mich über die kleinen gepunktelten Gallertwürste, die sie auf

Pflanzen ablegten. Leider verschlangen die Molche in der ersten Nacht alle Gelege, ich wurde bös und warf sie ins Lusthauswasser. Die Spitzhörner behielt ich jahrelang. Sie wurden Eltern, Groß- und Urgroßeltern und hielten Ordnung bis ins Grab.

Herbst

BALDACHINSPINNEN

Die Finnen nennen ihn Ruska-Aika (»die braune Zeit«), die Schweden sagen brittsommar (»Brigitta-Sommer«). Im Bajuwarischen ist es der Ähnlsumma, im Alemannischen das Witwensömmerli. Schön gesprochen heißt es Altweibersommer, wobei der Begriff nicht von betagten Frauen herrührt, sondern vom Althochdeutschen »weiben«, was Weben oder Knüpfen von Netzen bezeichnete.

Und hier sind wir beim Thema. Der Altweibersommer ist nämlich nicht nur von strahlend blauen Tagen, orangegoldenen Baumkronen und tiefer, wiewohl irgendwie seliger Wehmut geprägt, sondern auch von den Flugfäden der Baldachinspinnen (Familie: *Linyphiidae*), die überall über dem Land schweben, treiben und herumhängen.

Diese Fäden sind die wohl simpelsten und elegantesten Instrumente in der Geschichte der tierischen Luftfahrt, das Verkehrsmittel, mit dem sich die jungen Baldachinspinnen über das Land verbreiten.

Die Baldachinspinnen sind in viertausend (!) verschiedenen Arten überall auf der Welt anzutreffen, über fünfhundert davon kommen in Mitteleuropa vor. Die Tiere sind winzig, zwischen anderthalb und drei Millimeter groß. In der Eile werden sie gern für Ameisen gehalten, weil man sich nicht die Mühe macht, die Beinchen zu zählen.

Bei der als Luftschiffen oder »Ballooning« bezeichneten Strategie spinnen die Jungtiere einen Flugfaden, der erst herunterbaumelt und irgendwann lang genug ist, um vom Wind erfasst zu werden. Im neuen Lebensraum angekommen, vom Kannibalismus der Artgenossen nicht mehr bedroht, bauen sie ihre wundersamen Baldachin- oder Deckennetze, auf deren Unterseite sie dann sitzen und auf Beute lauern. Taubedeckte Herbstwiesen mit silbrig glänzenden Baldachinen sind das nächste poetische Bild, das wir der Familie *Linyphiidae* zu verdanken haben.

Aber dann ist es später im Jahr und der Altweibersommer wieder vorbei.

HÖCKERSCHWAN

Im franziskanischen Sinne klösterlich erzogen, müsste ich eigentlich alle Tiere mögen. Es dürfte gar keine unsympathischen Tiere geben, weil ja allesamt Gottesgeschöpfe und so weiter. Was soll ich tun – ich finde den Höckerschwan dennoch unsympathisch, seit früher Kindheit geht es mir so. Ich sehe dieses riesige, unzweifelhaft elegante Tier und kann es schon im selben Augenblick nicht leiden. Im nächsten Moment dann fühle ich mich auch schon schlecht, beäugt vom strengen Blick des Sankt Franziskus, aber ich kann nichts machen.

Im vergangenen Sommer las ich, dass die Badewaschln in den Wiener Strandbädern Gänsehäufel und Bundesbad die schnorrenden Schwäne treibjagdmäßig auf die Alte Donau hinausscheuchten und dabei die kleinen Schwanderln traumatisierten. An der Oberfläche verurteilte ich dies, tief drin konnte ich es verstehen. Im Herbst dann, der ja eigentlich sommerlicher war als der Sommer, watete ich mit dem weniger wasserscheuen meiner Söhne in den Neusiedler See hinaus und erreichte eine Schilfinsel. Fauchend und total unsympathisch – es gibt Ende September keinen hilflosen Nachwuchs mehr zu verteidigen! – schoss ein Höckerschwan aus dem Röhricht, und wir traten den Rückzug an. Am rettenden Ufer erzählte ich dem Sohn, dass schon in jenem berühmten Märchen mir das hässliche Entlein näher stand als der Schwan, zu dem es eines Tages wird.

Cygnus olor, der Höckerschwan, größter Entenvogel der heimischen Tierwelt, kann natürlich nichts für meine Gefühle. Das schwarze Gesicht, das düstere Bemmerl über dem Schnabel, die herrische Gestik, all das gilt unter seinesgleichen sicherlich als schön. Nur ich empfinde anders. Der Höckerschwan gilt den Ornithologen als halbdomestizierte Art und ausgesprochener Kulturfolger, der uns in Parks, Gärten und verbaute Gestade nachkommt. Vielleicht bin selbst ja zu kulturscheu für ihn.

NACHTPFAU

Unlängst ging ich in herbstlicher Verlorenheit im Wienerwald herumwidibum. Herumwidibum ist in unserer Familie die Verstärkung von herum, weil das angehängte, meditativ-infantile »widibum« noch die Ziellosigkeit verstärkt, die dem Wort herum eh schon innewohnt. Das morbide Einknicken der Natur war allgegenwärtig, Tristheit kam über mich. Ich hob ein riesiges, auf dem Boden liegendes Borkenstück auf, in der schwachen Hoffnung, darunter einen klammen Feuersalamander erblicken zu dürfen. Stattdessen sah ich einen Hundertfüßler, zwei Asseln und, auf der Innenseite der Borke, den vielleicht schönsten Falter meines Lebens. Nur ganz leicht vor verhohlener Erschrockenheit zitternd, hockte er auf dem modrigen orangen Holz, die grauen Schwingen von augenartigen Ornamenten geziert, die an Pfauenfedern erinnerten oder an eine Sonnenfinsternis mit Korona. Der Leib war von einem dicken Pelz bedeckt, die Fühler sahen aus wie Wurmfarne. Der Falter war nahezu so groß wie meine Handfläche.

Ich scannte den Anblick genau, legte die Borke genau so hin, wie sie war, und ließ mich vom 38 A heimwärts schaukeln, meinem Bestimmungsbuch entgegen. Dieses stellte mich vor ein altbekanntes Dilemma: War es ein kleines Nachtpfauenauge *(Saturnia pavonia)* oder ein Wiener Nachtpfauenauge *(Saturnia pyri)*? Letzteres ist das ungleich seltenere, es wird mit bis zu fünfzehn Zentimeter Flügelspannweite auch deutlich größer als der kleine Cousin und ist damit der größte Schmetterling Mitteleuropas. Laternen umschwärmende Exemplare werden nicht selten mit Fledermäusen verwechselt.

Wien respektive das Weinviertel ist die nördliche Verbreitungsgrenze von *Saturnia pyri*. Ich empfand tiefe Dankbarkeit, in Wien zu leben, und, zu Hause angekommen, das seltsame Bedürfnis, mich bäuchlings an unseren Plafond zu kleben und sechs, sieben Monate lang zu ruhen.

STAR

Diese meine Lieblingsfamilie und ich unternehmen alljährlich einen rituellen Ausflug an einem Wochenende des Altweibersommers, und dieser Ausflug führt uns nach Podersdorf am Neusiedler See. Da erfreuen wir uns dann an allerhand, am Steppenrind, das über die Steppe wandelt, beispielsweise, aber auch am Steppenrind, das im Kürbisgemüse ruht, an den Wundern des Nationalparks, an einem späten Bad in der ewigen Seichte des Pannonischen Ozeans.

Aber die Idylle hat, wenn schon nicht Brüche, so doch bizarre Knicke. Wie in einem Film von Jacques Tati, wo Mensch, Natur und Technik zu surrealen Gruppenbildern gerinnen, so gibt es auch im Podersdorfer Spätsommer merkwürdige Phänomene: Schreckschüsse und Holzklappern schallen durch die Idylle, Fetzengestalten und enorme Puppen ragen in komischer Monstrosität in den Weingärten und Hainen auf, und zu allem Überfluss donnert manchmal ein altertümliches Flugzeug im Tiefflug über die anmutige Landschaft wie ein Bomber in einem alten Kriegsfilm. Aber diesen Angreifer scheinen alle zu mögen, denn selbst die Kinder winken dem Flieger zu.

Schuld an diesem leicht geistesgestörten herbstlichen Miteinander ist ein schwarmbildender Vogel aus der Familie der Passeriformes, der Sperlingsvögel: *Sturnus vulgaris*, der Eurasische Star. Dieser gehört zu den bekanntesten Vögeln der Welt, aus Europa wurde er in mehrere Kontinente eingeschleppt, unter anderem ließ der Arzneimittelfabrikant Eugene Schieffelin 1890 im New Yorker Central Park Hundert Stare frei. Schieffelin galt damals als Wohltäter, aber nur bis zu dieser Handlung, denn die

Nachkommenschaft dieser hübschen Immigranten ist bis heute auf zweihundert Millionen Individuen angewachsen und richtet im Land of the brave einen jährlichen Schaden von achthundert Millionen Dollar an.

Der Star ist ja wirklich ein sehr schöner Vogel, der Name trifft's schon, und im ersten Reflex möchte man nichts lieber tun, als ihm in einem Park die Freiheit zu schenken. Aber der Star neigt halt zur massenhaften Vermehrung, wir haben es hier mit einem der am besten erforschten Schwarmtiere der Welt zu tun. Ein eigener Zweig der Fotografen und Kameraleute dokumentiert die Massenformationen von *Sturnus vulgaris*, und die Bilder von bis zu einer Million Vögel großer Starenwolken, aus denen heraus sich dann wie ein Tornado ein Schlauch zum Schlafplatz hin bewegt, gehören zum Eindrucksvollsten überhaupt.

Stare waren früher auch beliebte Heimtiere der armen Leute; ihre Fähigkeit, Worte und Sätze zu imitieren und selbst komplexe Melodien nachzupfeifen, war und ist legendär. Und führte sogar einmal zu einer urheberrechtlichen Auseinandersetzung, als ein Berliner Konzeptkünstler auf einer CD mit Starengesang die »Ursonate« von Kurt Schwitters nachpfeifen ließ und der Verlag des Autors klagte.

Podersdorfer hassen die Stare übrigens, weil sie so gerne Trauben fladern, in der Toskana mopsen sie die Oliven. Dort sagte mir einmal ein Bauer: Ich hätte gern Gottes große Schrotflinte, dann könnte ich sie alle vom Himmel holen und eine Suppe kochen für das ganze italienische Volk!

GROSSER TÜMMLER

Weib, Kinder und ich machten heuer andere Ferien. Wir waren sechs Jahre lang immer wieder nach Südkreta gefahren, stets an denselben wunderschönen Ort. Dort badeten wir, lasen, lagen herum, erneuerten uns ganz und gar. Manchmal sahen wir, weit draußen im Lybischen Meer, Delfine, winzige, dunkle Hügerln zwischen den Wellen, eher an ihrer zum Wasser gegenläufigen Bewegung zu erkennen als an ihrer tatsächlichen Körperlichkeit.

Heuer aber war alles anders – aufregender und ungleich anstrengender, denn wir besuchten meinen Bruder, der in New Orleans lebt. Wir reisten durch die Staaten Florida, Alabama und Mississippi nach Lousiana und nach wunderbaren zwei Wochen in New Orleans wieder retour. Die letzte Woche verbrachten wir auf St. George Island, einer kabanossiförmigen Insel vor der Forgotten Coast in Nordflorida. Dort hatte die Nebensaison eingesetzt, die Schulen beginnen Mitte August. Wir hatten uns ein Stelzenhaus gemietet und versuchten uns lesend und herumliegend von den vergangenen Strapazen zu erholen.

Da geschah es: Die Delfine kamen zu uns. Mit meinem Bruder und meiner Tochter stand ich in der hüfthohen Brandung, als vier Meter vor uns eine Haifischflosse aus dem Wasser stach. Ich griff nach der Tochter und erstarrte, als vor und hinter der Flosse plötzlich ein sympathischer, gerundeter und extrem unfischiger Rücken auftauchte – der vermeintliche Hai war ein Großer Tümmler *(Tursiops truncatus)*, eine der verbreitetsten Delfinarten. Er schwamm gut fünf Minuten direkt vor uns auf und ab und erfüllte uns mit glühenden Schüben hochesoterischer Erregung, von der ich gar nicht wusste, dass ich sie zu empfinden vermag. Aber dieses riesige, stromlinienförmige, in der Nachmittagssonne glitzernde Tier war ein derart überschwängliches Freundschaftsangebot der Natur an uns, dass man sich halt nur herzlich freuen konnte.

Der Große Tümmler bog dann ab, Richtung offenes Meer, wo zwei Haberer auf ihn warteten, Aber von da an kamen sie jeden Tag. Die locals erklärten uns, dass spätsommers eine gewisse bleiche Shrimpssorte vor den Stränden auftauche, und die Delfine kämen herbei, um die Krustentiere quasi abzuweiden. Die Meeressäuger machten jeden Tag andere Sachen. Einmal produzierten sie sich ein Stück weiter draußen, durch Sprünge und Purzelbäume, dabei hatten sie auch ein Kalb dabei. Dann waren sie wieder ganz in der Nähe, gedankenvoll neben uns im Wasser wartend, als müssten wir nur irgendein Losungswort sagen, und dann dürften wir mit in die Tiefe.

Durch diese Delfine blieb die Reise als Ganzes zwar anstrengend, bekam an ihrem Ende aber ein kontemplatives Element, das wir wie ein Goldstück nach Wien mitbrachten. Und als ich nach der Rückkehr zufällig auf orf.at, diesem Zentralorgan des Halbreflektierten, las, dass man Delfine jetzt doch nicht für so intelligent halte, da dachte ich mir: Ihr Jungs und Mädels, steigt doch wie ich in den Golf von Mexiko, dann kommt heraus und befreit den Küniglberg!

GEMEINE FEUERWANZE

Sie sind die roten Signallamperln am Anfang und am Ende unserer viel zu langen Winter. Im Frühjahr, da ist der Boden hart, monochrom braun oder grau. Da fallen sie gleich auf. Mit ihren schwarz-rot gezeichneten Flügeldecken sind sie von greller Sichtbarkeit, wenn sie vor allen anderen Krabbeltieren ins Freie kommen, um die noch unbelebte Natur mit ihrer hochgeselligen Wuseligkeit zu verwandeln. Jetzt, im Herbst, da das Moribunde in Form von gelbem Gras und rotem oder orangem Laub überall herumliegt, muss man sie suchen. Aber hat man einmal erfolgreich fokussiert, sind sie fest im Blick: Sie nehmen noch den kleinsten und schwächelndsten Sonnenstrahl und wandeln ihn um, in Betriebsamkeit und geradezu schreiende Farbenpracht: *Pyrrhocoris apterus,* die Gemeine Feuerwanze, alias der Feuerkäfer, alias der Schusterkäfer. Und fast immer ist die Feuerwanze nicht allein: im Gegenteil.

Die im adulten Zustand rund einen Zentimeter langen Insekten sind die Rudel-Kuschler unter den Wanzen – also jenen Insekten, die meine Liebste, eine Großmeisterin des Adjektivgebrauchs, als »flach und wappenförmig« zusammenfasst. Das massenhafte Auftreten der Feuerwanzen hat fast jeder schon einmal gesehen. Ganze Äste und Wurzeln verschwinden unter einem scharlachroten Pelz aus Wanzen. Diese Massenversammlungen werden von Pheromonen, also Duftstoffen, zusammengehalten. Taucht eine Bedrohung auf, so mischen sich Stress- und Abwehrsekrete in den aromatischen Cocktail, und die Versammlung zerstiebt in alle Richtungen.

Die landläufige Meinung, wonach Feuerwanzen von Aas leben, stimmt nur ganz bedingt. *Pyrrhocoris apterus* ist vorrangig vegetarisch unterwegs, die Tiere saugen an den Samen von Linden, Hibiskus, Eibisch oder Malven, aber auch an Robinien. Eher als Zusatznahrung werden tote Insekten oder Wirbeltiere ihrer Säfte beraubt. Die kalten Monate werden in Erdspalten, im Totholz und besonders gern in den Spalten von Natursteinmauern verbracht, mit ein Grund, warum Parks und Gärten bei *Pyrrhocoris apterus* beliebte Lebensräume sind.

Mit den ersten Sonnenstrahlen am Ende des Winters kommen die Wanzen aus ihren Winterquartieren, die sie, no na, massenhaft bewohnt haben. In der Folge wird gebalzt und gepaart, werden Eier gelegt. Nach mehreren Häutungen wandeln sich die Nymphen zu adulten Tieren. Etwa im August ist die Entwicklung abgeschlossen. Die Jungtiere in ihren verschiedenen Entwicklungsstadien bleiben in der Nähe der Erwachsenen, große Wanzenversammlungen umfassen beinahe immer Groß und Klein.

Der Name Schusterkäfer wurde mir übrigens in entwaffnender Schlüssigkeit von meiner überaus naturverbundenen Großmutter erklärt. Warum sagst du Schusterkäfer, Omi?, frug ich obergscheit, mein Bestimmungsbuch in der Hand, in dem klar das Wort Feuerwanze stand. – Wäus des gaunze Joa schuastan, sagte die Omi, auf einen tatsächlich mehrheitlich kopulierenden Wanzenhaufen deutend. – Nur im Winter schlofens.

Dem hat die Entomologie bis heute kaum was hinzuzufügen.

OHRENSCHLIEFER

Wenn die ersten September-, zugleich die letzten Ferientage kommen, muss ich oft an das Balkonbett in den Tiroler Bergen denken, wo ich bisweilen die Nächte zwischen diesen letzten Ferientagen verschlief. Diese tagsüber güldenen, nachts schon eiskalten Tage, sie verbaten sich das Zelteln im Garten. Dafür sagte unsere Mutter meinem Bruder und mir: »Am Balkon dürft's schlafen.«

Dort, unter der lärchenhölzernen Dachschräge, gab und gibt es Matratzen, dort lagen unsere Schlafsäcke und manchmal wir. Es war auch gemütlich dort, muss man sagen, aber auch schrecklich, denn mit der Dunkelheit kamen die Bestien des Balkons. Die Weberknechte, die Spinnen, und schließlich der Cthulhu aller Balkonbewohner, der Ohrenschliefer.

Wir glaubten streng an den Ohrenschliefer-Mythos, wonach das Insekt uns nachts in die Ohren kriechen, das Trommelfell mit seinen Popo-Zangen zerbeißen und schließlich seine Eier in unser Gehirn legen würde, wodurch wir erst wahnsinnig werden und dann sterben müssten. Ich weiß noch, dass ich mir einmal kleine Klopapierkugerln zur Schlieferabwehr in die Ohren steckte und dann nachts panisch erwachte mit dem Gefühl, der Ohrenschliefer sei schon in meinem Kopf; dabei war es nur das Klopapier.

Oh, wohliger Nebel kindlicher Torheit! Heute weiß ich Folgendes und kann es Ihnen sagen: Der Gemeine Ohrwurm *(Forficula auricularia)* wurde in zerstoßener Form bis in die frühe Neuzeit hinein als Mittel gegen Ohrenweh verabreicht. Die Therapie verschwand schließlich, der Name blieb, und irgendwann kam der Mythos, der die Tatsachen verdreht. Vielmehr ist wahr, dass der Ohrwurm gemeinhin als Nützling gilt, weil er, der Omnivore, etwa Blattläuse und schädliche Raupen verzehrt. In Ohren schlieft er nie.

Trotzdem muss ich, nach längerer Überlegung, sagen, dass ich auch jetzt, in der Mitte meines Lebens, nur ungern auf diesem Balkon schlafen würde.

EICHHÖRNCHEN

Ich hatte diesmal Sehnsucht nach einem ganz banalen Viech, nach all den Fischen, Spinnentieren und Lurchen. Aber nachdem ich mir das Eichhörnchen ausgesucht hatte, bemerkte ich, wie sehr sich diese Tierspezies in den letzten Jahrzehnten entbanalisiert zu haben scheint. Kam in meiner Volksschulzeit in den siebziger Jahren des letzten Jahrhunderts noch in jedem besseren Wochenendaufsatz der Satz »Im Park haben wir ein Eichkatzerl gesehen« vor, so scheint dieses erzählerische Ornament nun von Dingen wie »Der Papa von Lukas hat uns seinen Koi-Karpfen gezeigt« verdrängt worden zu sein. Aber auch sonst dürfte die öffentliche Wahrnehmung des Eichhörnchens im Wandel stehen: War ein Eichkatzerl dereinst ausschließlich positiv belegt und in seiner äußeren Erscheinung konsensual als »sehr lieb« angesehen, so ist via amerikanische Filme und Serien auch die amerikanische Hörnchensichtweise zu uns unterwegs. Die Amerikaner (bei aller Verehrung – ich lese gerade Faulkner und höre Dylan dazu) haben ja auch einen Klescher, und dieser Klescher macht in diesem Fall, dass sie sich grenzpsychotisch vor Eichhörnchen fürchten, ja fast vor ihnen grausen. Woher das kommt, weiß ich nicht, und weder Faulkner noch Dylan erklären es mir, jedenfalls scheint diese Sichtweise doch ein wenig zu uns herüberzuschwappen.

Hierzulande ist das Eichhörnchen *(Sciurus vulgaris)* noch immer das einzige Baumhörnchen. Anders ist dies in England oder in Teilen Italiens, wo Amerika außer seinen Phobien auch noch das dazugehörige Tier hinexportiert hat, nämlich das Amerikanische Grauhörnchen *(Sciurus carolinensis)*. Bei uns ist die

Hegemonie des Eichhörnchens ungebrochen. Es kommt in seiner rötlichen und in seiner dunkelgraubraunen Variante vor, es ist ein ausgesprochener Kulturfolger, und anders als in den Kreisky-Jahren hat es für seine menschlichen Beobachter wieder so etwas wie Wildlife-Glamour zurückerobert.

Die alten Griechen waren der Meinung, das Hörnchen nutze seinen imposanten Schwanz als Sonnenschutz, und gaben ihm den Namen Skioros – Schattenschwanz. Eichhörnchen werden ein gutes Viertelkilogramm schwer und (ohne Sonnenschirm) bis zu 25 Zentimeter lang. Der Schwanz dient in Wirklichkeit als hervorragendes Balance-Werkzeug beim Springen von Baum zu Baum. Eichhörnchen leben in sogenannten Kobeln, rundlichen Nestern aus Zweigen und Blättern, seltener auch in Baumhöhlen. Die tagaktiven Tiere vollbringen Sprungleistungen von bis zu fünf Metern und legen für den Winter, den sie im Gegensatz zu anderen Nagern wachend verbringen, Nuss- und Eichelvorräte an.

Unlängst beobachtete ich auf der herbstlichen Hauptallee im Prater eine eher im erwachsenen Bereich angesiedelte Schulklasse, Gymnasiasten, die sichtlich mit ihrer Lehrerin zum Aquarellieren gekommen waren. Hockten die jungen Menschen erst noch apathisch auf Bankerln herum, so sprangen sie plötzlich kreischend (»Bitte, uuuursüß!«) auf und rannten zickzack über die Allee, etwas Rötlichem, Flüchtendem nach. »Professa, dürfen wir das auch malen?«, fragten sie schließlich. Aber da war *Sciurus vulgaris* bereits im Röhricht des Heustadelwassers verschwunden.

BISAMRATTE

Weil wir von Schulbeginn sprechen: In meiner Kindheit gab es so Vorherbstausflüge, um das entfallene Dauernd-draußen-Sein der großen Ferien zu dämpfen. Diesen Exkursionen haftete (wie allem, was nach den großen Ferien kam) unverschuldeterweise eine gewisse Tristesse an, eine davon führte gern in den Hernalser Schwarzenbergpark. Dort kamma klettern, hieß es, Drachen steigen lassen, und den Biberteich gibt's auch noch. Die Wirklichkeit sah so aus, dass die besten Bäume zum Klettern zu morsch waren, aber nicht morsch genug, um unsere Drachen nicht aus dem Himmel zu fangen. Allein der Biberteich hielt. Und die Enttäuschung, dass die dort wuselnden Großnager mit ihren runden, leeren Antlitzen keine Biber, sondern Bisamratten waren, die kam erst später, als wir nämlich größer waren und klug.

Die Bisamratte oder auch der Bisam *(Ondatra zibethicus)* wird bis zu zwei Kilo schwer, ist ein ausgezeichneter Schwimmer und ein Meister des Tiefbaus. Der Bisam hat seinen Namen, der sich vom türkischen besem – Duft – herleitet, von seinem intensiven Moschusduft. Bei uns ist er ein Neozoon, ein Eroberer, eingebürgert aus Nordamerika. Mit solchen Arten beschäftigt sich eine eigene Wissenschaft mit dem schönen Namen Invasionsbiologie. Eine ihrer Thesen lautet sinngemäß, dass sich Neozoen in ihrem neuen Lebensraum nur erfolgreich behaupten, wenn sie eine eigene Nische finden oder ihre Nische von einer Spezies besetzt ist, die bereits schwächelt oder auf dem Rückzug ist.

Wenn er heute als Schädling gilt, dann vor allem bei Deichbauern und hochwassergefährdeten Menschen, denen das unermüdliche Wühlen des Bisams die Grenze zwischen Land und

Wasser zu sehr aufweicht. Für ihre neuen pflanzlichen und tierischen Nachbarn ist das hingegen klar von Vorteil, weil das Buddeln die Ufer- und Aulandschaft in durchaus gesunder Bewegung und Durchmengung hält. Alles fließt, sozusagen. Oder gräbt.

STEINMARDER

Die Meinen und ich wechseln gerade die Wohnung, sogar das Viertel, wenn auch nicht den Bezirk. Es sind genau genommen nur ein paar Straßenzüge, aber trotzdem: Es ändert sich das Soziotop. Und, was mich fast mehr beunruhigt, die Stadtfauna. Das hat auch Sonnenseiten: So sind wir nach dreizehn Jahren von jenem Hundeauslauf vis-à-vis unserem Haus erlöst, der eigentlich der einzige Nachteil der Gegend war. Aber der Umzug bedeutet auch melancholische Abschiede: Die liebsten Begleiter unseres Sommers, die Mauersegler, die an den Klippen und in den Klüften unserer alten Gasse nisteten, gibt es in der neuen Gegend nicht mehr. Selbige wird nämlich von kargen, ernsten Gemeindebauten aus den zwanziger Jahren dominiert. Und obwohl mich hier so vieles anzieht, werde ich die Segler vermissen. Dies bedenkend, saß ich auf dem Balkon unserer neuen, noch fast leeren Wohnung und sah auf die nächtliche Landstraße hinaus. Da glitt doch so etwas wie eine pelzige Schlange aus dem Schatten eines Autos und in den des nächsten hinein: Ha, dachte ich, den gab es in der alten Heimat auch – den Steinmarder *(Martes foina)*.

Dieser zivilisationsfreundlichste Vertreter der Echten Marder war schon durch unsere alte Gasse geschlichen, und vielleicht war es ja sogar dasselbe Individuum, das Revier von Martes foina ist bis zu zweihundert Hektar groß. Der streng nachtaktive Marder lebt innerstädtisch als Allesfresser: Tauben, deren Eier, Mist, mitunter auch Bremskabel von Autos. An denen kaut er allerdings nicht, wie gern behauptet, wegen des sexy Gummigeruchs oder der Motorwärme, sondern schlicht weil vor ihm schon ein anderer Marder da war und Duftspuren hinterlassen hat.

Und weshalb der erste Marder da war? Wissen wir nicht. Behalte dir nur deine Mysterien, edler Metropolenräuber.

DOHLE

In wohl jedem Land gibt es so etwas wie Stammtischvögel: gefiederte Indigene, die Alltag und Brauch in jener Gegend dominieren, die Straße beherrschen und öffentliche Meinung und Atmosphäre im Luftraum bestimmen. Stammtischvögel gehören selten einer einzigen Art an, gern sind es zwei parallel existierende und doch konkurrierende Spezies, die sich den Kuchen proporzmäßig aufteilen. Für Österreich, namentlich Wien, würde ich ohne zu zögern Nebelkrähe und Haustaube namhaft machen, wenn es um solche Stammtischvögel geht. An der schwedischen Ostsee, wo ich den Spätsommer mit Kindern und Liebster verbringen durfte, sind es Möwen und Dohlen.

Es ist ja nicht so, dass bei uns Letztere, also *Corvus monedula*, nicht vorkommen würde. Halt nicht wahnsinnig häufig. Ich habe Dohlen einmal um eine Waldviertler Ruine fliegen sehen, aber irgendwie scheu und verstohlen, von wegen: eben keine Stammtischhoheit. In den Parks und über den Wasserstraßen Stockholms hingegen sind sie omnipräsent, von großer Chuzpe und tiefgreifendem Selbstbewusstsein. Sie holen, was das Schicksal anschwemmt, fladern, was dem Unaufmerksamen entfällt. Während die Möwen und Sturmvögel draußen über den Wellen regieren, beherrschen die Dohlen die Binnenwelt. An Stränden, Molen und an den Kanten der Steilküsten koexistieren die beiden Vogelarten aber, wie fast immer in Schweden, auf vernünftige Weise.

Die Europäische Dohle, von Linné 1758 erstmals beschrieben, gehört zu den Rabenvögeln, ist aber mit rund 35 Zentimeter Körpergröße doch deutlich kleiner als Krähen oder gar Raben und von untersetzterer Gestalt. Ihr Gefieder changiert zwischen Schwarz und silbrigem Grau, dazu stehen in todschickem Kontrast die Augen, die von einem wunderschönen lichten Blau sind und stets so etwas wie Überlegenheit ausstrahlen. Dohlen sind gesellige Wesen, bei der Nahrungssuche treten sie gern in Banden auf, bei der Aufzucht ihres Nachwuchses bilden sie Brutkolonien. Ihre Nistplätze finden sie an völlig verschiedenen Orten, generell sind sie Höhlenbrüter. Auf Bäumen beziehen sie verlassene Wohnungen von Spechten, aber auch alte Kaninchenbauten werden gern genommen, sowie Felshöhlen aller Art. Auch dem Menschen folgt *Corvus monedula* nach. In Mauernischen, Kaminen und selbst Lüftungsanlagen wird gebrütet. Lieblingsplätze aber sind selbstverständlich alte Burgen, Ruinen und Kirchen.

Den letzten Teil unserer Reise verbrachten wir auf der Ostseeinsel Gotland. Dieses große und bezaubernd schöne Eiland hat eine uralte und hochbewegte Geschichte. Wikinger, Dänen, Schweden und die Hanse herrschten hier, Baudenkmäler aus einem Dutzend Jahrhunderten bezeugen es, vor allem die wunderbaren mittelalterlichen Kirchen, die die Insel übersäen wie Blüten einen Strauch. Wir hatten ein Haus im äußersten Süden bezogen, das Dorf hieß Sundre, die neunhundert Jahre alte Kirche saß auf einer kleinen Kuppe, von Ahornen umgeben, inmitten eines sehr gotischen und nicht ungruseligen Friedhofs.

Darüber zog natürlich der örtliche Dohlenverein seine Kreise. Hier, angesichts der weihevollen Stätte, durchaus würdig wie ein Haufen sich plusternder Pröpste. Aber selbstverständlich ohne jemals die Stammtischhoheit aufzugeben.

WEBERKNECHT

In der entrischen Stimmung eines späten Septembertages begegnete ich einem Weberknecht. Die Familie und ich wanderten durch den westlichen Wienerwald, der von den andauernden Regenfällen nassklamm und glitschig war. Ich hob dort ein enormes Stück Buchenrinde vom Boden auf, in der Hoffnung, dass darunter ein Feuersalamander sitzen könnte. Stattdessen aber spazierte ein Weberknecht davon, geziert, voll Arroganz und mit einer gewissen Gekränktheit. Ich sah ihm nach, und erst als er hinter einem Binsenbusch verschwunden war, legte ich die Rinde zurück, um ihn nicht versehentlich zu verletzen. Abends sagte ich zu meiner Frau: Heute habe ich einen Weberknecht gesehen. – Ich auch!, sagte sie. – Echt? Wo? – Im Hof von unserem Büro. – Es ist Herbst, schloss ich, da kommen s', die Weberknechte.

Später las ich im Bestimmungsbuch. Dieses ließ wenig Zweifel daran, dass es sich bei meiner Begegnung im Wienerwald um *Phalangium opilio* gehandelt hatte, um eine der fünf in Mitteleuropa heimischen Spezies aus der Familie der Schneider.

Ich ließ das Buch sinken und versank ins Nachdenken über Weberknechte. Ich gelte bei Freunden und Verwandtschaft allgemein als der, dem vor nix graust. Ich pflücke bloßhändig die Nacktschnecke von der Nutzpflanze, ich hebe ebenso unbehandschuht die warzige Erdkröte von der Asphaltstraße, um sie zu retten, selbst die Ringelnatter ergreife ich mit Händen, um sie meinen grausend flüchtenden Kindern zu zeigen. Aber vor Weberknechten graust mir doch, aber nicht ganz so wie vor Spinnen. Wenn aus dem Abfluss unserer Badewanne in Tirol etwa eine Hausspinne hervorkroch, schrie ich noch als 35-jähriger Mann nach meiner 85-jährigen Großmutter. Bei Weberknechten reagierte ich nicht so hysterisch. Ich traf sie immer wieder an lichtarmen Plätzen, beispielsweise in unserem Holzschupfen, aber wenn ich einen an meiner Nähe gewahrte, begann ich nicht zu schreien, erschlug das Tier auch nicht im Affekt, sondern zwang mich zur Ruhe, weil ich mir sagte, dass so ein Weberknecht zwar schon grauslich sei, aber auch irgendwie lieb.

So geht es mir bis heute: Mir rennt sofort die Ganslhaut, wenn ich diese endlos langen, schilfhalmartig gelenkigen und hauchdünnen Beine sehe, aber gleichzeitig rührt mich das winzige, darauf wippende Körperchen, das bei Männchen eher flach, bei Weibchen aber rundlich ist. Und dann habe ich noch immer den Spruch der mittlerweile seligen Großmutter im Ohr. »Der tuat doch nix!«

Stimmt nicht ganz: Weberknechte leben räuberisch wie Spinnen, aber sie bauen keine Netze. Sie streifen rastlos durch Dämmerung und Dunkelheit und ertasten mit ihren beeindruckenden Extremitäten mikroskopisch kleine Organismen, die so lange in Moder und Lurch sitzen, bis, zum Beispiel, Phalangium opilio kommt und sie verzehrt.

Richtig giftig sind Weberknechte auch nicht, sie haben nur diese Stinkdrüsen, mit denen sie kleinere Feinde betäuben können. Sperrt man einige Weberknechte in ein Rexglas und verschließt es, stinken sie so lange, bis alle bewusstlos sind. Öffnet man das Glas wieder, kommen sie allmählich zu sich und spazieren davon, selbstverständlich tief gekränkt.

HERMELIN

Wir haben Tage, an denen man Wiesel sehen kann. Dort, wo meine Mutter lebt, in den Bergen des Tiroler Unterinntals, kommt jetzt der Schnee, auf einmal, unvermittelt, über Nacht, ein Leintuch, das jemand auf den Wiesen aufgeschüttelt hat. Mit Glück sind es nur ein, zwei Zentimeter, entweder schon wieder zergehend oder vom eisigen Morgenwind noch zu einer feinen Glasur zusammengeblasen. Da liegt er da, der Schnee, fleckig oder durchgehend, in jedem Fall ein untrügliches Zeichen: Winter. Ist das Holz schon geschlichtet?

Da sieht man die Wiesel. Auf den Kuhweiden ist alles nervös: Ruckartig ziehen sich die kälteklammen Grillen tiefer ins Erdreich zurück, die Feldmäuse wuseln über die angezuckerten Wiesen und organisieren die Ausstattung ihrer Winterbauten. Da halten die Wiesel reiche Ernte. In ihrem typischen Hopserlauf, in dem sie immer wieder zu gebogenen vierbeinigen Schlangenwesen erstarren, jagen sie da draußen. Und auch sie sind nervös. Sie sind falsch angezogen. Der neue Schnee ist weiß. Und die Wiesel sind noch braun. Irgendwie ist ihnen das peinlich.

Das Große Wiesel oder Hermelin *(Mustela erminea)* ist Mitteleuropas zweitkleinstes Raubtier. Noch winziger ist nur sein engster Verwandter, das Mauswiesel. Hermeline werden inklusive ihres nicht allzu langen Schwanzes selten länger als einen Viertelmeter und wiegen gerade einmal dreihundert Gramm. Sie gehören zur Familie der Marder. Die Wiesel sind Einzelgänger, die Reviere von bis zu zweihundert Hektar bejagen, wenigstens im Sommer. Im Winter, wenn die Mäuse, ihre hauptsächliche Nahrung, rarer werden, rückt man auf den verbleibenden

Jagdgründen näher zusammen. Das Revier markieren die kleinen Räuber mit dem würzigen Sekret ihrer Analdrüsen. Im Frühjahr werden die Wiesel geselliger, da halten sie Hochzeit, und die Weibchen bringen bis zu achtzehn (meistens allerdings nur halb so viele) Jungtiere zur Welt, die nicht mehr als drei Gramm wiegen.

Kein Tier, der Adler vielleicht ausgenommen, ist derart mit der feudalen Vergangenheit Europas verknüpft wie das Hermelin. Sein Winterfell wurde zum Insignium der Kaiser und Könige, die Tatsache, dass man viele hundert Hermelinfelle für den Mantel eines Herrschers brauchte, machte es so kostbar. Den Nichtadeligen war das Tragen eines Hermelinmantels bis tief in die Neuzeit verboten. Auf zahlreichen Wappen ist *Mustela erminea* zu sehen, mehrere Ritterorden wählten das Hermelin als Zeichen, wenn nicht gar als Motto: Der neapolitanische Hermelinorden führte den Leitspruch »Malo mori quer foedari« – lieber sterben als besudelt werden. Der Legende nach würde ein weißes Hermelin sich niemals Exkrementen nähern, aus Furcht um die Schönheit seines Fells.

Nur ein paar Tage dauert das jetzt, dann sind die Wiesel ja wieder unsichtbar. In den Unterinntaler Bergen und überall sonst müssen wir warten bis in den April. Wenn dann über plötzlich wieder ergrünte Osterwiesen weiße Raubtierchen hasten. Und wieder ist ihnen ihre Färbung ein paar Tage lang peinlich.

MAUERASSEL

Zu den Arbeiten des Herbstes gehört es, unseren lieben, schmächtigen Oleanderstrauch samt Topf in die Arme zu nehmen und durch die Wohnung bis ins Stiegenhaus zu tragen, wo er vor Frost geschützt den Wiener Winter überdauern wird. Dabei setze ich stets die Ray-Ban auf, weil einmal stach mir so ein Oleanderblatt ins rechte Auge und führte, vielleicht ob seiner Giftigkeit, zu einer Entzündung. Trotz Sonnenbrille aber erkannte ich heuer im feuchten, bräunlichen Rund unter dem Topf ein Tier, dem ich länger nicht begegnet war und das mich, man möchte es nicht glauben, bei seinem Abgang hinter die Efeuranke tief im Herzen berührte: eine Mauerassel.

Diese, *Oniscus asellus,* war mir in meinen Jugendtagen ein vertrauter Gefährte. Damals nämlich wünschte ich mir nichts sehnlicher, als Zoologe zu werden, und bei meinen Gängen in Wald und Rain pflegte ich größere Steine, Baumstämme und Rindenstücke stets umzudrehen, um zu sehen, was an heimischer Fauna sich darunter verberge. Teils tue ich das heute noch. Es ist stets wie eine Lotterie: Hauptpreise waren etwa eine Ringelnatter, eine Erdkröte oder gar ein Feuersalamander. Immer noch befriedigend waren Hirsch- oder große Bockkäfer, dann kam das Fußvolk: schlummernde Wegschnecken, Hundert- und Tausendfüßler aller möglichen Spezies und schließlich die Asseln. Damals war ich immer ein wenig enttäuscht über sie, das bereue ich jetzt. Denn Asseln sind nicht fad.

Wer da draußen in der Wildnis ein Rindenstück umdreht oder daheim einen Oleandertopf verträgt, stößt meistens auf drei Arten. Die Kellerassel, die Rollassel (die sich in ein Kugerl verwandeln kann) und eben die Mauerassel. Asseln gehören zu den Höheren Krebsen, das heißt, ihre Grundausstattung ist noch für das Leben im Wasser geschaffen, sie atmen hauptsächlich durch Kiemen und haben erst in ihrer jüngeren Evolutionsgeschichte Tracheal-Organe für die Landatmung entwickelt. Ganz ohne die Kiemen geht es aber nicht, weswegen die Asseln feuchte Wohngebiete brauchen. In den warmen Monaten sind sie daher nur in der Nacht und am frühen Morgen, wenn der Tau fällt, unterwegs, im Herbst treiben sie sich auch tagsüber herum. Ein Asselweibchen bringt ein- bis dreimal pro Jahr bis zu zehn Jungtiere zur Welt. Bis zu drei Jahre kann *Oniscus asellus* alt werden.

Mauerasseln sind gräulich bis olivfarben, etwas unter zwei Zentimeter groß, und ihre Fühler bilden lange, dreigliedrige Geißeln. Die Geißeln der verwandten Kellerasseln haben nur zwei Glieder.

Asseln ernähren sich hauptsächlich von zerfallendem pflanzlichen Material, es fällt ihnen somit eine wichtige Rolle als Destruenten (Entsorger) zu. Aber auch Algen, Pilze, Kadaver und Kot, selbst der eigene, werden gern genommen.

Auch wenn unter diesen Eigenschaften manche sind, vor denen der Mensch sich graust, ist das Standing der Assel als Grind-Tier mehr als ungerechtfertigt. Sogar bis zum Schimpfwort (für eine widerliche Frauensperson) hat es die Assel gebracht. Ich selbst war nicht davor gefeit, es – etwa für die Moderatorin der Supermodelshow, die meine Tochter schaut – zu benutzen, habe aber beschlossen, dies fortan nicht mehr zu tun. Immerhin: Schlimmer wäre noch gewesen, hätte ich das Tier unter dem Oleandertopf Heidi genannt.

GRAUGANS

September. Der Himmel verblasst schon ein Stück, die Sonne ist noch warm. Es riecht nach eher sehr reifen Zwetschken und Trauben. Ein Lüfterl kommt auf, noch spielerisch, es ist zu früh für allzu gebieterische Gesten des Herbstes. In wonniger Schwermut über die Vergänglichkeit alles Leiwanden in der Welt liegen wir auf feuchtlerten Wiesen und starren in das blasse Blau über uns. Dort droben fliegt gemächlich ein V vorbei, südwärts. So vollendet die Graugans unsere Melancholie.

Es gibt kaum ein Tier, das dem Österreicher gleichermaßen so sehr für Heimat wie für weite Welt steht. Die Graugans ist zugleich Kosmopolitin, Projektionsfläche für unser Fernweh, aber eben auch nationales Eigentum. Letzteres aufgrund »unseres« Nobelpreisträgers, der monumentalen und zwiespältigen Figur des Konrad Lorenz, der in meinen Kindheitstagen noch nicht von seiner Nazi-Vergangenheit eingeholt worden war. Damals stand er, unumstritten und allen gehörend, als kinnbärtiger Popstar und Zeus an der Spitze der heimischen Naturwissenschaft. Und jeder Volksschulgschrapp kannte die Geschichte, in der sich der gütige Ethologe mit dem grauen Bart zu den schlüpfenden Gänsen neigt und von diesen sogleich zur Frau Mama erkoren wird.

Andererseits kennt halt ebenfalls jedes Kind die charakteristische V-Form am Himmel und die leicht bittere Stimmungslage, die damit zusammenhängt: Während uns wieder Schule, Studium, Hacken dräuen, reist die graue Gans einfach nach Süden, wenn schon nicht in den Norden, dann doch an die Adria. O Sehnsucht: Grado, Jesolo, Triest!

Anser anser, wie die Graugans wissenschaftlich heißt, war bis zur Verbreitung der ursprünglich nordamerikanischen Kanadagans die größte und häufigste Vertreterin der Echten Gänse in Europa. Der Volksname Wildgans gilt ihr. Graugänse werden einen knappen Meter lang und bis zu vier Kilogramm schwer. Von anderen Gänsearten ist sie gut durch ihre hellen Vorderflügel und ihren gestreift erscheinenden Hals zu erkennen. Graugänse sind treue Wesen, die ihrem Partner bis zum Tod an der Seite bleiben. Im Frühling ist die Brutzeit, die Gelege umfassen maximal ein halbes Dutzend Eier. Ihre Brutgebiete hat Anser anser in Skandinavien, auf den Britischen Inseln und im nördlichen Kontinentaleuropa. In Österreich brütet sie in den Donau-, den March-Thaya-Auen und im Gebiet des Neusiedler Sees. Im Seewinkel finden sich zu Zeiten des großen Zuges Tausende reisende Gänse zur Rast ein, und es gibt europaweit kaum bessere Ansitze zur Beobachtung großer Gänseverbände als den dortigen Nationalpark.

In der »Wunderbaren Reise des kleinen Nils Holgersson mit den Wildgänsen« hat die schwedische Dichterin Selma Lagerlöf das Kunstwerk geschafft, anhand eines Vogelzuges Geschichte und Geografie eines ganzen großen Landes nicht nur zu erzählen, sondern in ihrer ganzen Faszination zu entfalten. Die Wildgänse, die von Schwedens Südspitze bis nach Lappland reisen und dabei einen verzauberten kleinen Lausbuben mitnehmen, sind der Richtungspfeil zur Erhellung eines Teiles der Welt.

Durchaus etwas, was man sich in diesen Zeiten wieder von den Gänsen wünschen würde.

KLEINE STUBENFLIEGE

Der dämmrige, aber gütige Oktober, Mond meines Geburtstages, versammelt Jahr für Jahr einige, nun, umstrittene Insektenspezies, die mit der Abkühlung der Außenwelt bereitwillig in unsere Domizile kommen, um dort zu Themen zu werden und für Debatten zu sorgen, wie *Drosophila melanogaster*, die Schwarzbäuchige Tau- oder auch Fruchtfliege, sowie *Chrysoperla carnea*, die Gemeine Florfliege. Von der Protagonistin der heutigen Geschichte wusste ich lange nicht einmal, wie sie heißt. Aber jetzt kann ich es Ihnen sagen: Ihr Name ist *Fannia canicularis*, zu Deutsch die Kleine Stubenfliege.

Gewöhnliche Stubenfliegen kennt man ja: Das sind die, die am Rand des Himbeersaftglases und an der Kante des Käsebrotes sitzen, bei unserem Nahen wegfliegen, woanders Platz nehmen, und mit der Fliegenklatsche nur von geübten Jägern in ihrer Lästigkeit zu unterbrechen sind. Kleine Stubenfliegen hingegen verhalten sich ganz anders: Sie sitzen niemals, sie fliegen immer, immer, immer, scheinbar sinnlos und stets im Kreis. Haben sie unsere Haushalte erst einmal betreten, suchen sie sich ein von der Decke hängendes Objekt, naheliegenderweise meist eine Lampe, um es fortan, je nachdem, auf Balz- oder Patrouillenflügen zu umkreisen.

In meiner Junggesellenzeit bewohnte ich eine winzige Dachwohnung im ersten Bezirk und schlief, weil ich fand, dass sich das für den angehenden Dichter so gehörte, bis weit in den Tag hinein. Manchmal erwachte ich vor der Zeit, also etwa um zehn, halb elf, blickte in meinen einzigen Raum, den das hauptstädtische Vormittagslicht durchflutete, und sah ein halbes Dutzend

Exemplare von *Fannia canicularis* um meine kleine grüne Art-déco-Deckenlampe kreisen. Dieser Anblick machte mich derart nervös, dass ich nicht mehr einschlafen konnte. Aber wie Fliegen erschlagen, die niemals sitzen?

Schließlich entwickelte ich eine Strategie. Ich fand einen riesigen, nicht unschönen, aber etwas faden Bildband über das Waldviertel, ließ ihn in der Mitte aufklappen, wo eine doppelseitige Aufnahme Granitfelsen und Moos zeigte, und näherte mich mit dem klaffenden Buch auf Zehenspitzen der Flugzone. Hatte ich eine Fliege im Raum zwischen den Buchhälften, klappte ich den Band zu und plättete das Insekt. Ich entwickelte mit der Zeit eine gewisse Meisterschaft. Moos und Granitfelsen verschwanden allmählich unter kleinen, zweidimensionalen Fliegenleichen.

Heute weiß ich, dass ich die Kleine Stubenfliege auch hätte aussitzen können. *Fannia canicularis* hat eine Lebenserwartung von nur zwei bis drei Wochen. In dieser kurzen Zeit kann sie allerdings allerhand Unheil anrichten: Sie vaziert nämlich zwischen Kot, Kadavern und menschlichen Lebensmitteln und ist damit ein ernstzunehmender Krankheitsüberträger. Für Nachschub ist stets gesorgt: Das Weibchen der Kleinen Stubenfliege legt bis zu zweitausend Eier, aus denen wüstensandfarbene, höckrige Maden schlüpfen.

Oktober: Mond des Geburtstages. Da blickt der Mensch zurück: Als ich am Ende des 20. Jahrhunderts die kleine Wohnung im Ersten verließ, um mich mit meiner frisch gefreiten Liebsten in den Dritten zu begeben, ließ ich zwei Dinge zurück: die grüne Lampe und das Waldviertel-Buch.

FELDHAMSTER

Jüngst ging es an dieser Stelle um die Graugans, um ihr geradezu idealtypisches Zugvogeltum und um die Sehnsüchte, die wir in dieses – hochintelligente und den miesen mitteleuropäischen Wintern angemessene – Verhalten hineinprojizieren. Meine Liebste und ich, wir sind ja so Spätfrühlings- bis Hochsommerkinder, von der Sorte Singen, Tanzen und Springen. Doch wenn der Herbst kommt, trickern wir stimmungsmäßig eher trüb dahin, wie man in Wien sagt. Natürlich erwogen wir schon oft, der höllischen Hochnebelzeit zu entfliehen: ein Steinhäuserl am Adriastrand? Aber das geht nicht, dreifache Kinderaufzucht verlangt nach dem Hierbleiben, nach dem Strecken der Waffen.

Also ihr Gansln: Fliegt fort und lasst uns im Kraut! Wir suchen nach anderen Role Models zum Überstehen des Wiener Winters. Voilà, *Cricetus cricetus,* der Feldhamster. Einst war er plagenhaft häufig, heute ist er bedroht und so streng geschützt, dass er als Begünstigter der EU-Habitatrichtlinie sogar den Bau von Straßen und Wohnsiedlungen verhindern kann. Der Feldhamster ist ein wirklich hübsches Nagetier, bis zu dreißig Zentimeter lang und ein halbes Kilo schwer, meist von rötlichbrauner Rückenfarbe, von der der nachtschwarze Bauch durch ein hübsches Muster weißer Flecken abgegrenzt ist. Diese Färbung dient auch dem Gefahrenmanagement: Von Raubtieren bedroht, wirft sich der Hamster auf den Rücken, sein Bauch gemahnt nun an den Rachen eines noch größeren Raubtieres. Mit Glück ist der Fressfeind blöd genug, um das zu glauben, und rennt davon.

Mit ein bisschen Orts- und Vorkommenskenntnis kann man den Feldhamster in und um Wien noch immer beobachten. Lieblingslandschaften sind landwirtschaftlich genutzte Flächen, die Bauten erkennt man an recht akkuraten »Fraßkreisen« um die Eingänge. Die nacht- und dämmerungsaktiven Gourmands finden sich im Marchfeld, auf den Feldern des Wiener Beckens und sogar bis in die große Stadt hinein, in Transdanubien sowieso, aber auch südlich des Stroms, etwa am Zentralfriedhof. Doch jetzt im November, wenn die Hinterbliebenen sich zu Besuch bei den Vorangegangenen in Simmering einfinden, sieht man den Hamster längst nicht mehr. Sein alljährlicher Rückzug in den Untergrund hat bereits Ende August, Anfang September begonnen, in den Hamsterbauten sind pro Individuum mindestens zwei Kilogramm Vorräte eingelagert. Feldhamster leben in bedingungslosem Einzelgängertum, sprich: pro Bau ein Hamster. Die Bauten enthalten jeweils zumindest ein Lager und eine Vorratskammer, manchmal aber auch mehrere solche. Zusätzlich werden ein eigener Kotplatz und zu den (meist zwei) Zugängen noch eine Anzahl von Fallröhren gegraben, durch die sich *Cricetus cricetus* bei Gefahr im Verzug quasi Hals über Kopf in Sicherheit stürzen kann.

Und da drinnen lebt er nun, in ereignisloser Glückseligkeit. Anfangs steht er noch täglich auf, um einen Imbiss zu sich zu nehmen, mit sinkenden Temperaturen werden die Schlafphasen länger, tage-, ja wochenlang.

Ich starre in den grauen Hochnebelhimmel, denke an *Cricetus cricetus* in seinem kuschelig ausgekleideten Lehmbau und sage mir: Auch das ein gangbarer Weg!

SILBERFISCHERL

Vor dreihundert Millionen Jahren tauchten ein paar Insekten neu auf der Erde auf. Die Dinosaurier befanden sich noch, wie meine Großmutter sagen würde, in Abrahams Wurstkasten. Doch unter dem Motto Small is beautiful überlebten diese Urinsekten, die der Mensch dereinst in die Ordnung der Fischchen stellen sollte, jenen Deep Impact, der die Dinosaurier vom Weltgesicht fegen sollte. Das ist die eine Geschichte.

Die andere geht so: Das Haus, in dem ich mit meinen Lieben wohne, ist ein greises Zinspalais. In diesem Haus geht das Wasser schwer zu kontrollierende Wege, was daran liegt, dass die meisten Rohre verlegt wurden, als Franz Joseph I. noch ein Mann in seinen besten Jahrzehnten war. Jetzt sind die Rohre unseres Hauses mürb, und ihr Inhalt pflegt sie hie und da zu verlassen. So geschehen im Vorjahr, als das aus unserer Badewanne entlassene Wasser einen Umweg über die Stuckdecke der unter uns lebenden Dame nahm. Der Schaden ist behoben, aber wir sind, tja, hellhörig geworden, was Wasser und seine Vorboten angeht.

Hier vermählen sich die beiden Geschichten. Als ich nämlich unlängst spätabends heimkam und Licht im Bad machte, zerstob am dortigen Kachelboden eine Familie von solchen Fischchen, genauer: Silberfischerln *(Lepisma saccharina)*. Diese Mitglieder der Ordnung *Zygentoma* mögen es feucht, sie gelten als Vorboten von Wasserschäden und Schimmel. Und so recherchierte ich. Ich fand heraus, dass ein paar Silberfischerln normal sind und noch keinen Rohrbruch bedeuten müssen. Außerdem lernte ich, dass Silberfischerln eher als Nützlinge betrachtet werden sollten, weil sie erstens Schimmel wegfressen und zweitens als Dessert die hochallergenen Hausstaubmilben verzehren.

Wer *Lepisma saccharina* trotzdem nicht mag, dem empfiehlt die Schädlingsberatung als natürlichen Feind Ohrenschliefer oder Raubspinne. Beides auch kein Spaß.

Winter

ESEL

Eine der Advent-Kontinuitäten, die wir hier haben, ist das, was nach dem Auspacken der Weihnachtskrippe passiert. Unsere Krippe besteht aus einem Stall in Blockbauweise, den ich in der Unterstufe des Gymnasiums anfertigte, um dafür letztendlich ein Befriedigend zu kriegen. Die hölzernen Figuren sind ein wenig, na ja, vom Schicksal zusammengewürfelt und verschieden groß, was dazu führt, dass der kleine Herr Jesus wie ein Siebzehnjähriger zwischen seinen filigranen Eltern liegt. Unseren Kindern hingegen, speziell den jüngeren, ist das schön wurscht, denn kaum ist die Krippe ausgepackt, greifen sie sofort nach Ochs und Esel, um selbstvergessen damit zu spielen.

Ochs und Esel sind ja in Wahrheit eh die hauptsächlichen Identifikationsfiguren der Weihnachtsgeschichte. Diese beiden Wärmespender der kalten Christnacht – einerseits der Ochs, der Kastrat im Zeichen der Sanftheit, andererseits der Esel, dieses so selbstbestimmte Vieh, dieser Sympathiekaiser unter den Nutztieren. Die beiden sind nicht von den himmlischen Heerscharen zum Stall getrieben, wie Hirten, Maria und Josef, sondern sie sind schon von Haus aus da, die Krippen-Residents schlechthin, irgendwie die Gastgeber.

Esel leben seit etwa sechstausend Jahren so geduldig wie undurchschaubar an der Seite des Menschen. Ihre Stammform ist der Afrikanische Wildesel, den erst die Ägypter und wenig später die Mesopotamier domestizierten. Der Wildesel lebt nur noch in wenigen Reservaten in freier Wildbahn und gilt als hochgradig gefährdet. Seine zahmen Nachfahren gibt es hingegen noch zuhauf.

Als Reit- und Tragtier setzte sich *Equus asinus* in all jenen Gegenden durch, für die das Pferd zu zickig, zu ängstlich oder zu wehleidig war, steinige Landschaften, hohe Berge, schmale Steige. Was in der Volksmeinung lang als Faulheit oder Starrsinn angesehen wurde, ist in Wahrheit seine wohlüberlegte Art und damit seine Stärke.

Im vierten Buch Mose fragt die Eselin den reitenden Bileam: »Was hab ich dir getan, dass du mich dreimal geschlagen hast?« Die Gemeinheit und Grausamkeit, mit der die menschliche Herrschaft ihren Eseln entgegentritt, ist legendär und auch heute noch offensichtlich. Zu den akustischen Impressionen eines Griechenlandurlaubs gehört das von Fadesse und Hitzestau beförderte Geschrei jener armen Esel, die ihre tumben Bauern in der größten Hitze kurz angeleint haben. Die Schwierigkeit, einen Esel zu etwas zu zwingen, ließ ihn in vielen Kulturen als stur bis hin zu dämonisch erscheinen. Der Hausgott der altägyptischen Unterwelt, Seth, trägt einen Eselskopf. Die alten Griechen hielten den Esel für sexbesessen.

Dabei gäbe es reichlich positive Ikonografie: Vom Esel als zweifachem Begleiter Jesu auf der Flucht nach Ägypten und beim Einzug nach Jerusalem bis zum Grimm'schen Goldesel mit seinem güldenen Brechdurchfall. Auch der heilige Nikolaus zieht mit Equus asinus durchs sagenhafte Land, und bei den Bremer Stadtmusikanten fungiert er als Bandgründer.

Nicht zu vergessen schließlich die Demokraten der USA: Auch ihr heimliches Wappentier ist der Esel. Insofern hat er immer mal wieder Oberwasser. Es möge ihm lang vergönnt sein.

GIMPEL

Mit zu den schönsten Zeitgenossen, die uns der heimische Winter näherbringt, gehören die Gimpel. Der vergleichsweise große und korpulente Fink, der unsere Nadelgehölze bevölkert, prägt sich schon dem Kind ikonografisch in einer Weise ein, dass er auch später kaum jemals vergessen wird.

Vor dem Häuschen, das meine Familie in den Tiroler Bergen bewohnt, wurden schon zur Mitte des vergangenen Jahrhunderts fünf Exemplare jenes Baums angesiedelt, der damals noch Lebensbaum und nicht Thuje genannt und seinerzeit auch noch nicht zwangsläufig zur quaderförmigen Hecke gestutzt wurde. Diese Lebensbäume waren und sind im Winter, wenn der dichte Fichtenwald da draußen unwirtlich wird, temporäre Heimat mehrerer Gimpelpärchen. Schon als Bub konnte ich sie also studieren, wie sie ihre gedrungenen Gestalten ins Vogelhaus meiner Großmutter quetschten, die vergleichsweise zerbrechlichen Meisen mit einem simplen Aufplustern verjagend. Der Gimpel, wegen der roten Bäuchleins der Hähne auch Blutfink und wegen der schwarzen Kapperln auch Dompfaff genannt, war eine wohlfeile optische Sensation am Vogelhäuserl und immer unfad zu beobachten: Die Reihenfolge, mit der sich die Vögel (mehr als zwei passten nicht in das Vogelhaus hinein) zum Fressen einfanden, war durchaus demokratisch geregelt. Die Weibchen mit ihren attraktiv lössbraunen Bäuchlein wirkten nicht benachteiligt, und die Ablöse im Häuserl ging stets höflich vor sich. Auf einem ausladenderen Ast der Thuje saß übrigens immer ein Tschief-Gimpel und warnte vor nahenden Bauerskatzen und Eichhörnchen.

Das Gimpelleben vor dem Fenster hatte etwas zutiefst Beruhigendes und Vorhersehbares, eine Art »Liebe Familie« aus dem Tierreich mit kleinen Sensationen und großer Beständigkeit. Wenn Ende März dann neben den alten Kuhfladen die neuen Himmelschlüsserln sprossen, verschwanden die Gimpel im großen dunklen Wald, und für mich als Sommermensch waren sie immer das Einzige, was mir aus dem Winter fehlte.

Der Gimpel *(Pyrrhula pyrrhula)* ist einer der am meisten verbreiteten Singvögel. Seinen Bestand schätzen Ornithologen auf bis zu 150 Millionen Individuen, die europäische Population gilt als die größte weltweit. Die menschliche Sichtweise des Gimpels war immer vielschichtig. Einerseits wurden eitle, stolze, aber auch tölpelhafte Männer gern als Gimpel bezeichnet. Andererseits sind auf alten Darstellungen vom biblischen Garten Eden oft zwei oder mehr Gimpel zu sehen. Der Name stammt vom bayerisch-österreichischen Begriff »gumpen«, was so viel wie hopsen oder hüpfen bedeutet.

Mit Vogellockpfeifen oder Leimruten waren Gimpel immer schon leicht zu fangen, und so haben sie eine lange Vergangenheit als Käfig- und Zuchtvögel. In Italien verspeist man sie bis heute, in Thüringen brachte man ihnen früher bei, Volkslieder nachzupfeifen. In Gefangenschaft werden die geselligen Finken über fünfzehn Jahre alt, da draußen in der Wildnis zwischen Lebensbaum und Todeskatze selten mehr als fünf. Trotzdem kann man davon ausgehen, dass die lustigeren Dompfaffen unter freiem Himmel singen.

HECKRIND

Wir waren im Lainzer Tiergarten, und zwar auf dem schönen weitläufigen Spielplatz beim Lainzer Tor, als meine Tochter meine Frau und mich an der Hand nahm und ins Unterholz zog. Ich möchte euch unsere Asthütte zeigen, sagte sie, die haben wir beim letzten Wandertag gebaut. Der Wald bestand in der Hauptsache aus Akazien, schön und licht. Allerdings gab es zahlreiche Asthütten, der Wandertag lag etwas länger zurück, und die Tochter war sich nicht sicher, welche die richtige war. Von Asthütte zu Asthütte schlendernd kreuzten wir den schmalen Waldstreifen und erreichten einen Zaun aus dicken Holzbalken. Die Tochter sog hörbar die Luft ein. Schaut's, sagte sie zu uns: Was sind das für Viecher?

Plötzliche Sonnenstrahlen blinkten über der Heidelandschaft am anderen Ende des Waldes. Und da standen sie vor uns: vielleicht zwanzig Urzeitgiganten, riesengroß, schwarzbraun, lange geschwungene Hörner, Dampfwolken in die kalte Spätherbstluft blasend, bewegungslos. Auerochsen!, sagte ich zur Tochter, und als sich der Griff ihrer Hand um die meine verstärkte, fügte ich hinzu: Wobei! Richtige Auerochsen sind eigentlich ausgestorben, ich muss nachschauen. Als irgendein Entscheidungsträger innerhalb der kleinen Herde Wind von uns bekam, setzten sich die großen Rinder auf einmal in einer faszinierenden Grazie und Lautlosigkeit in Bewegung, trabten gerade federleicht davon, zerstreuten sich zwischen den Hainen jenseits der offenen Fläche.

Daheim lernte ich, dass sie in Lainz zwar keine Auerochsen, aber doch Heckrinder halten, und das ist immerhin die früheste Nachzüchtung des 1627 in Polen endgültig ausgerotteten großen europäischen Wildrindes, von dem der Löwenanteil unserer Hausrinder abstammt.

Die Brüder Heinz und Lutz Heck waren wegweisende deutsche Zoodirektoren des 20. Jahrhunderts, Lutz im Berliner Zoologischen Garten, Heinz in München-Hellabrunn. Lutz war ein Nazi, Heinz nicht, weswegen Lutz nach 1945 kein Zoochef mehr war, dafür mit Tierbüchern und Filmen (»Mit Büchse und Lasso in Afrika«) an der Öffentlichkeit blieb. Beide Brüder waren Pioniere der modernen Tierhaltung in Freigehegen und kämpften für die Ansiedlung in Deutschland verschwundener Tierarten, so schafften sie es, den Steinbock in Bayern wieder heimisch zu machen. Den Auerochsen wollten sie aus möglichst ursprünglichen Landrinderrassen zurückzüchten. Aus heutiger Sicht sind die damaligen Bemühungen umstritten. Wissenschaftler, die sich heute derselben Herausforderung stellen, kritisieren an den Leistungen der Brüder Heck, dass sie sich bei der Zucht eher auf Fellfarbe und die Horn-Charakteristik der Ure konzentriert hätten, nicht aber auf Größe und Körperbau. Das im Augenblick laufende *Tauros*-Projekt soll nun noch weiter in die Tiefe gehen und auch eine Annäherung an das genetische Material der Rinder schaffen.

Was unsere Tochter und uns angeht, haben uns die Heckrinder in Lainz vollkommen für unsere Urzeitphantasie gereicht. Schwarzes, glänzendes Fell, lange Hörner und Spätherbstsonne auf ockerfarbener Steppe. Wir sind hier Dichter. Damit kommen wir aus.

NEBELKRÄHEN

Ich weiß nicht, ob es stimmt, aber mir kommt es so vor, als ob es dereinst viel weniger Nebelkrähen als heute gegeben habe. Ich sehe jedenfalls die Saatkrähen, von meiner geliebten Großmutter gern als »die Russen« bezeichnet, als das bestimmende Krähenbild meiner Jugend. Jene tintenschwarzen Komikerbanden, die im Grünen Prater und im Dornbacher Michaelerwald sowie am Steinhof ihre Nachtquartiere hatten und haben, und die tagsüber in der dünnen Schneedecke freudloser Wiener Beserlparks stocherten. Wenn im Frühling die Saatkrähen dann nach Norden remigriert waren, sah ich manchmal eine grauschwarz gefleckte Krähe, von der ich stets dachte, sie habe nicht mitfliegen dürfen ins Land der Russen, weil sie nicht ordentlich schwarz war.

Mittlerweile bin ich älter und gescheiter und daher Ihr Berichterstatter aus dem Reich der Biodiversität. Die Nebelkrähe hat mit der Saatkrähe außer der weitverzweigten Familie nichts gemein, sehr nah verwandt ist sie hingegen mit der Rabenkrähe. Die Nebelkrähe wird je nach Lehrmeinung als eigene Art *(Corvus cornix)* oder, wie eben auch die Rabenkrähe, als Unterart der Aaskrähe betrachtet, dann hieße sie *Corvus corone cornix*.

Allgemein gilt: Rabenkrähen sind eher im westlichen, Nebelkrähen im östlichen Europa zu Hause, womit auf Umwegen wieder mal bewiesen wäre, wo der Wiener hingehört. Jedenfalls ist die Nebelkrähe so etwas wie die Verlängerung unserer winterlichen Seelenverfassung nach außen. Mit würdevollem, gutturalem Schrei segelt sie um unsere Dächer. Aus dem freudlosen

Himmel unseres Winters lassen sie Schnecken und Walnüsse herabstürzen, um ihre Schalen zu zerbrechen. Genüsslich treiben sie Taubenschwärme vor sich her und hetzen die aristokratischen Turmfalken.

Sie sind wie wir, nur können sie, uns zum Hohn, auch noch fliegen.

LACHMÖWEN

»Möwen!«, sagt Ruth Gordon irgendwann in Hal Ashbys wunderbarem Melodram »Harold and Maude« zu ihrem jungen Liebhaber, »Möwen werden für mich immer die schönsten Vögel bleiben.«

Superfilm, hinterfragenswerter Satz: Ich persönlich finde Möwen ja ein bisschen unangenehm. Schon fesch, aber, na ja, irgendwie nicht nett. Beeindruckend sind sie, wenn sie, wie von mir zu Silvester auf der kroatischen Insel Cres beobachtet, wie eine silbrige Aura hinter einem Gänsegeier herfliegen. Oder wenn sie unter den Klippen einem Fischschwarm hinterhertauchen. Unangenehm finde ich sie, wenn sie am Rande des Naschmarkts im Mist stierln, wenn sie im Stadtpark herrisch mit den Saatkrähen fuchteln, wenn sie in ihr spöttisches Gekuder immer dann ausbrechen, wenn einem selbst ein winterliches Missgeschick passiert, ein Bauchfleck auf Kufen am Eislaufverein etwa, oder streitende Kinder bei Minusgraden. Möwen fallen einem immer auf, wenn der Winter am ausweglosesten ist, die Kälte am größten, die Umwelt am z'widersten. Ein Pech: Vielleicht sind sie ja total sympathisch, und nur der Zusammenhang ist negativ besetzt.

Larus ridibundus, die Lachmöwe, ist die kleinste in Europa brütende Möwenart. Im Winter kommen Lachmöwen zuhauf in die Städte, zeigen sich dabei als wendige Kulturfolger und anspruchslose Überlebenskünstler. Auf den Feldern folgen sie pflügenden Traktoren und fangen Regenwürmer im Flug. In der Stadt sind sie Dauergast auf Deponien.

Als im 19. Jahrhundert die europäischen Verlandungszonen radikal beschnitten wurden, wären die Lachmöwen fast ausgestorben. Aber sie passten sich an. 1911 eroberten sie das zuvor nie besiedelte Island, in den sechziger Jahren ebenfalls ein Neuland, nämlich Spanien. Auch in Wien werden es jeden Winter gefühlt mehr.

Vielleicht ist es doch besser, wir finden sie einfach nett.

BETTWANZE

Unlängst wurden die Liebste, eins der drei Kinder und ich gebissen. Von wem? Tja: Wir erlitten mehrere rote Punkterln im Rumpfbereich, wo genau, bleibt unser Geheimnis, die dann auch erhabene Blaserln ausbildeten und leicht bis mäßig juckten. Ich weiß nicht, warum mir im Zuge der Grübelei nach der Art des Täters die Bettwanze einfiel, vielleicht weil wir die Blessuren nach Ende des Nachtschlafs entdeckten.

Jedenfalls recherchierte ich alles Mögliche zum Thema *Cimex lectularius*. Ich erfuhr, dass die Bettwanze durch den großzügigen Einsatz von DDT zur Mitte des vergangenen Jahrhunderts in den Industrienationen beinahe vollständig zurückgedrängt worden war. Als man die Schädlichkeit von DDT erkannte und zu anderen Mitteln überging, kam die Wanze allmählich zurück.

Am Menschen hängt sie seit Jahrtausenden, die Wissenschaft geht davon aus, dass die Wanze sich dem Menschen anschloss, als dieser Höhlen bezog, damals schmiss sich das flache unscheinbare Insekt von der bisher bedrängten Fledermaus auf den frühen Hominiden, der ihr frugaler erschien. Ich kippte sodann hüfttief in die von Google bereitgestellten Bilderwelten zum Thema Wanzenbisse hinein, ich sah Punkterln aller Art, im entzündeten, verheilenden oder abschorfenden Status, und ich sah die ärgsten Bilder von hochgradig vergrößerten Wanzendetails. Wobei mich der Fortpflanzungsakt der Bettwanze in gleichem Maße abstieß und faszinierte. Das Bettwanzenmanderl pflegt nämlich im Zuge der Begattung einen Vorgang mit dem schönen Namen traumatische Insemination, was bedeutet, dass es das Weiberl an einer bestimmten Stelle des Körpers anbohrt, um den Samen ins Innere zu befördern.

Am Ende war ich fix und fertig, wusste aber, dass für unsere Punkterln die Bettwanze nicht verantwortlich sein konnte. Ich erwog, zum Dermatalogen zu gehen, verwarf den Plan aber, weil mir einfiel, was der beim letzten ähnlichen Fall vor ein paar Jahren gesagt hatte: »Irgendein Viech hat Sie gebissen.«

ROTKEHLCHEN

Meine Liebste sagt: Das Rotkehlchen ist weihnachtlich.

Sie, die meist recht hat, spricht diese Worte aus, während ich gerade in einem Buch über Fischspezies wie Schuppenkarpfen oder Flussaal lese, Tiere also, die sich für die Weihnachtskolumne anböten, da man sie zu Christi Geburt paniert, geräuchert oder mariniert, in jedem Fall aber genüsslich verzehren kann.

Und doch sagt die Liebste: Das Rotkehlchen.

Warum?, erwidere ich.

Denk an die alten Krippendarstellungen oder Kinderbücher, sagt sie. Die Tiere des Waldes, die sich in der Kälte dem Stall nähern. Da sitzen doch immer ein paar Vogerln, und immer ist ein Rotkehlchen dabei.

Stimmt, sage ich. Ich stelle das Fischbuch ins Regal.

Erithacus rubecula, wie die zur Familie der Fliegenschnäpper zählende Art lateinisch heißt, ist natürlich ein Superstar unter den hiesigen Singvögeln. Erstens seiner Arbeitsmoral wegen. Kaum ein heimischer Vogel singt so treu und unausgesetzt das ganze Jahr hindurch, selbst im tiefsten Winter.

Zweitens: die hohe Kenntlichkeit. Rotkehlchen sind Ikonen unserer Fauna, und nur der total Schasaugerte würde sie verwechseln, etwa mit dem Gimpel. Man sieht sie ja auch häufig: Allein die österreichische Population wird auf 700 000 bis anderthalb Millionen Brutpaare geschätzt.

Drittens: die tiefe Verwurzelung im europäischen Legendengeflecht. Das Rotkehlchen war bereits gleichermaßen den Kelten und den Germanen heilig. Bei Letzteren war das Rotkehlchen Seite an Seite mit dem Rotschwänzchen ein Vogel des Gottes Thor, man glaubte daran, dass dieser Haus und Hof beschützen würde, solange die Vögel in der Nähe nisteten.

In den Legenden des Christentums ist *Erithacus rubecula* tatsächlich dem Heiland nahe, wenn auch eher seiner Passion als seiner Geburt. Eine schwedische Geschichte, die Selma Lagerlöf überliefert, erzählt davon, wie ein kleiner brauner Vogel, auf seinem Strauch sitzend, Zeuge der Marter Christi wird und dabei bittere Tränen vergießt. Schließlich fliegt er zu Jesus und pickt ihm einen der quälenden Dornen aus der Stirn. Dabei zeichnet ihn das Blut der Wunden, und dieses Zeichen bleibt seiner Nachkommenschaft bis zum heutigen Tag erhalten. Eine ähnliche Legende gibt es aus Holland. In England taucht der Vogel direkt in den Geschichten zur Christnacht auf, und im Kindermärchen »The Babes in the Wood« deckt ein Rotkehlchen die im Wald gestorbenen Kinder zu.

Die bis zu vierzehn Zentimeter großen Vögel, hauptsächlich Insekten- und Wurmliebhaber, besiedeln gerne Au-, Laub- und Mischwälder, wobei eine intakte Krautschicht am Boden des Waldes essenziell ist. Im Frühjahr kommt es zur Paarbildung, die Partner bleiben für die Dauer der Brut und Aufzucht zusammen. Fünf bis sieben sandfarbene, hübsch gepunktete Eier werden gelegt. Nach zwei Wochen verlassen die Jungen das Nest und hoppeln ein paar Tage auf dem Boden herum, wo sie leichte Beute von Eulen, Greifvögeln oder Krähen werden.

Ich wenigstens kenne keinen Menschen auf der Welt, dem so ein Rotkehlchen nicht sympathisch wäre. Auch ich lade dich ein, *Erithacus rubecula*: Wärme dich in meiner Stube, dieweil ich meinen Karpfen verspeise oder meinen Aal.

KOPFLAUS

Wie so oft, kommt alles anders. Eigentlich wollte ich über den Sterlet schreiben, den kleinsten und elegantesten Vertreter aus der Familie der Störe, der in der mittleren und oberen Donau wieder heimisch gemacht werden soll. Schöne Geschichte, oder? Alles, alles hatte ich vorbereitet, als mir die Wirklichkeit zuvorkam, und zwar in Gestalt eines von der Schulskiwoche retournierenden Kindes. Dieses kratzte sich nämlich schon kurz nach seiner gutgelaunten Rückkehr im Nacken. Wir ahnten Böses, und das Falkenauge meiner Liebsten entdeckte dann prompt *Pediculus humanus capitis*, die Kopflaus, wenn auch noch nicht in adulter Form, sondern deren Eier, respektive Nissen.

Ein großer Bruder sagte maliziös: Das sind die Leihhelme in diesen Schulskiheimen. Was glaubt ihr, was da alles drin wohnt? Wir aber seufzten und gingen an die Arbeit. Wir sind gar nicht undankbar. In bald siebzehn Jahren Kinderaufzucht erwischt es uns zum zweiten Mal. Das geht viel, viel schlimmer.

Immerhin etwas mehr als fünf Millionen Jahre ist es her, dass sich die gemeinsamen Vorfahren von *Pediculus schaeffi* und *Pediculus humanus* trennten. Erstere Art haust seither am Haupt des Schimpansen, letztere begleitet uns. Die flügellosen Insekten konnten zwei Trümpfe bei der fortgesetzten Besiedelung unserer Köpfe ausspielen: erstens ihre Kleinheit (das etwas größere Kopflaus-Weibchen erreicht maximal drei Millimeter Körpergröße) und zweitens ihr großes Talent zur klettenartigen Befestigung am menschlichen Haar. *Pediculus* bedeutet Fußerl, und die sechs hakenartig gebogenen Fußerln einer Kopflaus sorgen für langes Ausharren am Menschenhaupt. Dazu kommt als weiteres

Werkzeug eine stilettförmige Verlängerung des Kopfes, mit der die Haut der Wirtsperson geritzt wird unter gleichzeitiger Injektion eines blutgerinnungshemmenden Mittels. Nun stärkt sich das Insekt am menschlichen Lebenssaft, und die Weibchen schreiten alsbald zur Eiablage. Mit einem zementartigen Sekret picken sie die Nissen an die Haare, und zwar bevorzugt dort, wo diese besonders fein sind und andererseits nah beieinanderstehen. Hinter den Ohren, an den Schläfen und im Nacken. Übertragung der Pedikulose – also des Lausbefalls – findet kaum jemals über gemeinsam benutzte Bettbezüge, Sitzgarnituren oder Kopfbedeckungen statt (der große Bruder irrt!), sondern fast ausschließlich über das Zusammenstecken der Köpfe, etwa beim Kuscheln oder Tuscheln. Eine neuere Theorie führt einen rezenten Siegeszug der Kopflaus auf die Unart des gemeinsamen Selfies zurück.

Den Grund des Befalls werden wir also nie erfahren. Wir wissen nur, wir müssen an die Arbeit. Die Geschichte hat uns gelehrt, dass die chemischen Keulen zwar die adulten Läuse töten, gegen die Nissen jedoch nichts ausrichten können. Das heißt: Im Grunde nützt nur der Kamm. Bereits den ägyptischen Mumien gab man Läusekämme als Grabbeigaben direkt in den Sarkophag. Die Frisierwerkzeuge mit starren, möglichst eng stehenden Zinken sowie deren stoischer, wochenlanger Einsatz am Kinderkopf sind halt leider das einzige probate Mittel gegen *Pediculus humanus capitis*.

Genau, und wenn alles ausgestanden ist, erzähle ich Ihnen dann vom Sterlet.

STERLET

Nun, da die Kopflaus in unserem lokalen Erdberger Habitat wieder ausgestorben scheint, darf ich tief Luft holen, um das zu tun, was ich schon vor einem Monat wollte: Über *Acipenser ruthenus* schreiben, den Sterlet, den kleinsten und hierzulande letzten Vertreter aus der Gruppe der Donaustöre. Vom Sterlet existierten im Vorjahr österreichweit noch um die tausend Exemplare. Mittlerweile sind es wohl schon wieder mehr. Verantwortlich dafür ist die in solchen Fragen wegweisende Wiener Universität für Bodenkultur. In deren Projekt Life Sterlet geht es darum, Sterlets in einem Container auf der Wiener Donauinsel großzuziehen, um sie anschließend in frei fließenden Abschnitten von March und Donau, mittelfristig auch in deren Zuflüssen, wieder auszuwildern. Der Aufzuchtcontainer ist bereits in Betrieb, die zuständigen Forscher warten nunmehr auf den Frühling, um mit der Arbeit fortzufahren.

Daher also mein Versuch, Sie mit *Acipenser ruthenus* vertraut zu machen. Abgesehen davon, dass die Menschen die Eier der Störe seit Jahrhunderten gierig in sich hineinstopfen, herrscht ein traditionelles Fremdeln zwischen Ersteren und Letzteren. Auf der Website des obenerwähnten Boku-Projektes gibt es ein vielsagendes Foto, es zeigt die hauptstädtische Umweltstadträtin Ulli Sima, wie stets tadellos angezogen, am Gestade der Donau sitzend, einen präpubertären Sterlet in der Hand. Das Gesicht der Stadträtin zeigt einen vielschichtigen Ausdruck: Es lächelt und ist doch von einem Hauch aus Vorsicht und leichter Angst umweht. Das Gesicht des kleinen Störs in ihrer Hand verrät, wie stets bei Stören, wenig bis nichts.

Das ist das Fremdeln, das ich meine. Wirkt ein Karpfen vielleicht immerhin phlegmatisch-gemütlich, der Hecht möglicherweise tollkühn und der Goldfisch rührend, so strahlen die Störe, selbst ihr kleinster, der Sterlet, eine geradezu außerirdische Strangeness aus. Ihre konische Schnauze, die weißlichen, fast blind erscheinenden Augen und dann der gleichermaßen latexartig wie gepanzert erscheinende Körper – da ist nicht viel, an dem man emotional andocken könnte.

Der Sterlet wurde, wie alle seine Verwandten in der Donau, sowohl überfischt als auch von massiven Umweltveränderungen zurückgedrängt. An erster Stelle dabei stehen die Flusskraftwerke, die die alljährlichen Laichwanderungen flussaufwärts zu geeigneten Kiesbänken unterbunden haben. Es gilt nun also, zahlreiche kleine lokale Populationen zu schaffen. Die beim genauen Hinsehen dann doch sehr schnittigen und eleganten Sterlete werden im Höchstfall einen knappen Meter lang. Die Fische ernähren sich vorwiegend von Wirbellosen wie Würmern oder Schnecken, aber auch Krebsen. Das Weibchen legt im Frühjahr bis zu zehntausend klebrige Eier auf kiesreichem Untergrund ab, die nach ein paar Tagen schlüpfenden Jungfische nimmt der Fluss an unbekannte Orte mit.

Vielleicht treffen auch Sie früher oder später auf Ihrer bevorzugten Wildbade-Sandbank auf einen juvenilen Vertreter von *Acipenser ruthenus*. Wenn ja, dann grüßen und ehren Sie ihn!

DROMEDAR

Meine Liebste hat gewonnen. Sie hat gesagt: Schreib einmal über das Dromedar, das ist so weihnachtlich. Das kann man nicht abstreiten: Die drei Weisen schaukelten bekanntlich auf Wüstenschiffen an die Krippe heran, von den Höckern baumelten Gold, Weihrauch und Myrrhe. – Meine Antwort war so subjektiv wie unsachlich: Baby, sagte ich, das Dromedar ist mir eher unsympathisch. – Wiesoooooo?, fragte meine Liebste fassungslos. Und weil ich das nicht beantworten konnte, suchte ich Bücher und las nach. Und jetzt geniere ich mich. Denn Dromedare sind natürlich liebenswürdig, und ich, ich bin ein Ignorant.

Das Dromedar, Einhöckrige oder auch Arabische Kamel *(Camelus dromedarius)*, Vehikel der Heiligen Drei Könige, des Hadschi Halef Omar und des Lawrence of Arabia, gehört wie das Trampeltier zu den Altweltkamelen. Der Name stammt aus dem Altgriechischen, *dromas* bedeutet laufend. Die Wissenschaft streitet bis heute, ob eine ursprüngliche Wildform des Einhöckrigen Kamels jemals existierte, oder ob die Spezies vielmehr vom Trampeltier abstammt. Jedenfalls sind aus Arabien Knochenfunde von Dromedaren bekannt, die 7000 Jahre alt sind, die Domestikation des Kamels begann aber erst etwa 3000 vor Christus.

Die Beziehung zwischen Dromedar und Mensch war für Letzteren von vielfachem Vorteil. Man nimmt heute an, dass Dromedare zunächst ihrer Milch wegen gehalten wurden. Später wurde auch das Fleisch, das Fell und das Leder der Dromedare genutzt. Um allerdings zum Wüstenschiff zu werden, benötigte das Kamel einen geeigneten Sattel, der den schwankenden

Passgang der Tiere ausgleichen konnte. Solche Sattel tauchten irgendwann im ersten vorchristlichen Jahrtausend auf, es gibt den größeren arabischen Sattel, mit dem der Reiter auf dem Höcker thront, und den Berbersattel, bei dem er seine Füße am Hals des Tieres absetzt.

Ich las über die tausend Gefälligkeiten, die das Kamel seinen Herren angedeihen ließ. Ich betrachtete Dutzende Bilder von Kamelen. Und je mehr von diesen Gesichtern ich sah, die mir fälschlich als hochmütig ins Bewusstsein gerutscht waren, diese sanften, endlos bewimperten Augen, diese zarten verschließbaren Nüstern, diese lieblich gespaltene Oberlippen … Ich merkte, dass ich Kamele liebe.

Und meine Liebste brauchte mich gar nicht zu erinnern: Unser einziger Kamelritt fiel mir ein, 1998, südliches Marokko. Es war die große Reise, die wir vor unserer Hochzeit noch machen wollten, um, na ja, sicherzugehen. Es war der Stephanitag, von afrikanischer Wintersonne illuminiert, wir hatten ihn am Strand zugebracht, viele Kilometer von unserem in den Dünen geparkten Auto. Jetzt kam der Abend und außerdem ein gar nicht so schwacher Sandsturm. Wir waren müde. Da sahen wir die Bauarbeiter, die mit zwei Kamelen Sand zu einer Baustelle ins Landesinnere brachten. Für ein paar Dirham ließen sie uns auf eines davon aufsteigen und schaukelten uns zum Auto. Das war herrlich, wie konnte ich, auch nur zwischendurch, darauf vergessen?

Tut mir leid, *Camelus dromedarius*, ich hab da was durcheinandergebracht. Aber meine Liebste hat gewonnen.

TÜRKENTAUBE

Mit meinen Leuten war ich über Weihnachten am Adriatischen Meer, genauer: an dessen oberem Ende, in der fabelhaften und verwunschenen Hafenstadt Triest.

Es kam der Stephanitag, und nach Tagen des wabernden, undurchdringlichen Nebels leuchtete endlich ein preußischblauer Himmel und mittendrin die Wintersonne wie ein fröhlicher Philharmoniker. Aber noch ehe ich dieses überaus feiertägliche Wetter sah, hörte ich aus den Pinien vor den hölzernen Jalousien unseres Quartiers schon seinen Soundtrack: Guruuu-gu, guruuu-gu. Ein Pärchen verliebter Türkentauben *(Streptopelia decaocto)*, das sich über den sonnendurchfluteten Feiertag ebenso freute wie ich.

Ich liebe die Türkentaube. Sie lässt schon mit ihrem Ruf, erst recht aber mit ihrem hübschen Äußeren die ganze mögliche Anmut des Taubengeschlechts erahnen, ja, sie ist so ein reizendes Wesen, dass sie einen mit nur einer Begegnung mit den Haustauben versöhnen kann, vor denen einem bekanntlich oft graust, wiewohl sie nix dafürkönnen.

Von derselben Größe wie die Haustaube, ist die Türkentaube doch erheblich eleganter gebaut, schlanker und zierlicher. Das khakifarbene Äußere tragen beide Geschlechter im Partnerlook, einziges Accessoire ist der schwarze Nackenring, den nur die ausgewachsenen Vögel zeigen und der der Türkentaube im Englischen den Namen Collared Dove, also Taube mit Kragen, eingebracht hat.

Ja, auch in England lebt die Türkentaube: 1956 beobachteten Ornithologen das erste Paar in der Grafschaft Norfolk. Hier kommen wir zu einem besonderen Aspekt der hübschen Beigen aus Kleinasien: ihrem Migrationshintergrund. Es scheint, als sei hier einem mittelgroßen Vogel die Welteroberung geglückt.

Was die Migration von *Streptopelia decaocto* angeht, musste die Wissenschaft ihren früheren Erklärungsansatz von einer populationsabhängigen Wanderung verwerfen: Hier gilt, dass eine Art dann weiterzieht, sobald ein Habitat seine maximale Besiedelungsdichte erreicht hat. So war es bei den Türkentauben nicht. Die Art, die ursprünglich Asien vom Bosporus bis Japan bewohnte, begann sich in den dreißiger Jahren auf einmal Richtung Nordwesten quer durch Europa auszubreiten – aber eben nicht in Wellen, sondern kontinuierlich, sprich: Die Speerspitzen der Eroberung zogen schon wieder weiter, obwohl erst wenige Individuen die eroberten Gebiete besiedelt hatten.

Und auch am Atlantik war nicht Schluss: *Streptopelia decaocto* wurde auf den Bahamas ausgewildert und besiedelte sodann über Florida den nordamerikanischen Kontinent. Bisher ist sie in 22 US-Staaten nachgewiesen.

In Wien, so heißt es, kam die Türkentaube 1947 an. Als Brutplätze bevorzugt sie Nadelbäume, und da fand sie in meinem Heimatbezirk Döbling so manche schöne Silbertanne vor.

Das heißt, ihr milder Ruf, ihr freundliches Wesen begleiten mich seit meiner Kindheit. Kaum zog der gestrenge Winter ab, öffnete man die Fenster, zog ein laues Lüfterl heran, hörte man es schon, was mich bis heute so erfreut: Guruuu-gu, guruuu-gu.

KARPFEN

Mein Vater setzte sich durch, am Heiligen Abend, wie oft in seinem langen Leben: Es gab Karpfen. Eigentlich fast immer. Es war sein Weihnachtsessen, und also unser Schicksal. Er wollte den Karpfen paniert, mit Mayonnaisesalat, meiner Mutter zuliebe durften auch ein paar Blätter Vogerlsalat dabei liegen. Uns war der Fisch zu fett, aber wir aßen hastig jeder ein paniertes Trumm, um zu unseren Weihnachtsgeschenken zu kommen. Meine Großmutter mütterlicherseits bearbeitete uns zusätzlich mit Geschichten über Kinderkehlen, die von dolchartigen Karpfengräten versperrt wurden. Die Oma mochte den Karpfen nicht, sie sagte, sie sähe ihn ihm eher ein schwimmendes Schwein als einen Fisch. Mein Vater blieb unbeirrt. Er ließ den Weihnachtskarpfen von den Prämonstratensern im Stift Geras kommen, und lange nach dem Aufstehen der restlichen Familie saß er noch am Tisch, und *Cyprinus carpio* verschwand Stück für Stück in ihm.

Cyprinus carpio, der Schuppenkarpfen, konnte seinen Siegeszug durch ganz Europa tatsächlich durch die geistlichen Herren antreten, denen durch die strengen Ordensregeln im Mittelalter bis zu 150 fleischlose Tage im Jahr auferlegt wurden. So suchten sie Schlupflöcher. Sie erklärten nicht nur den Biber kurzerhand zum Fisch, sie aßen auch die Europäische Sumpfschildkröte fast bis zu ihrem Verschwinden auf. Und sie zogen in gigantischen Teichlandschaften die fettreichen Karpfen als »Fastenspeise« heran.

In seiner Wildform besiedelte der mächtige Friedfisch einst ganz Mittel- und Osteuropa, also die Zuflüsse des Schwarzen und des Kaspischen Meeres und des Aralsees. Etwa bei Wien, wo der

Mittellauf der Donau beginnt, war seine westliche Verbreitungsgrenze. Durch die Mönche und Ritter brachte man ihn nach ganz West- und Südeuropa, und heute ist er auf der ganzen Welt verbreitet, auf der Liste der hundert gefährlichsten »Invasive Species« kommt er prominent vor. Karpfen sind anspruchslos, sie leben auch im flachen, warmen und sauerstoffarmen Wasser, als Jungtiere leben sie von Plankton, später von Klein- und Kleinstlebewesen, wie Würmern, Schnecken und Larven.

Rogner und Milchner, wie Frau und Herr Karpfen in der Sprache der Petrijünger heißen, treffen einander im Frühjahr zu einer Art Hochzeitstanz, bei dem Herr Milchner Frau Rogner so lange herumjagt, bis diese aus einer Art Erschöpfung bis zu anderthalb Millionen Eier legt, die der Gemahl dann befruchtet.

Ich erfuhr viel über den Karpfen von meinem Freund, dem Humer Schurl, der das legendäre Uferhaus in Orth an der Donau betreibt. Er kredenzt *Cyprinus carpio* gern »serbisch«, wobei der dekaweise zugegebene Knoblauch die gefühlte Fettigkeit abmildert. So begann ich mich an den Genuss des einst gehassten Fisches wieder zu gewöhnen. Eigentlich eh sehr gut, fand ich nun. Später schob mit der Schurl einmal einen Teller mit kleinen gebackenen Objekten hin, die an panierte Schwammerln erinnerten. Ich kostete, es schmeckte hervorragend. Auf die Frage, was das sei, antworte der Uferwirt, es handle sich um Karpfenmilch, also um *Cyprinus carpios* Sperma paniert.

Am Abend kehrte ich nachdenklich nach Hause zurück und sagte zu meinen verständnislosen Söhnen: »Ihr könnt machen, was ihr wollt, eines Tages werdet ihr so wie ich!«

ZWERGHAMSTER

Wir waren hier zu fünft, jetzt sind wir zu sechst. Zu Mama, Papa und drei Kindern ist Greg hinzugekommen. Greg gehört als Einziger hier nicht der Spezies *Homo sapiens* an, sondern der Spezies *Phodopus sungorus*, sprich: Greg ist ein Dsungarischer Zwerghamster. Er untersteht dem erstgeborenen Sohn, in dessen Bubenzimmer er, na ja, übers Hintertürl gelangt ist. Die vergangenen Jahre waren eine Kette von Ausschlussverfahren potenzieller Haustiere. Katze? Die Mama ist allergisch. – Hund? – Ich geh sicher nicht äußerln! – Leguan oder Chamäleon? Sind heikel und gehen quasi auf der Stelle ein.

Zwerghamster Greg wurde von der Oma einfach angeschafft und kam somit der Diskussion über die eigene Legitimität zuvor. Aus dem werktags an sich verwaisten Erstgeborenen-Zimmerl dringen seither Trippeltrappel-Sounds und das Schnurren des Hamsterradls. Greg heißt nach dem Helden von »Gregs Tagebuch«. Das ist die mittlerweile sechsbändige Bibel aller neun- bis zwölfjährigen männlichen Menschen, die in der Psychomühle stecken, keine Buben mehr und noch keine richtigen Burschen zu sein. In seiner eher ziellosen Betriebsamkeit und hektischen Juvenilität ist Greg für unseren Erstgeborenen ein ideales Vis-à-vis.

Phodopus sungorus' wilde Sippe lebt in Kasachstan, in Nordchina und in Sibirien, im Tal des enormen Flusses Jennissei. Als Haustier hat er dort eine lange Geschichte, bei uns macht er erst seit einigen Jahren dem Syrischen Goldhamster Kinderzimmerkonkurrenz. Wie alle Hamster sind auch die Dsungarischen tendenziell Einzelgänger im Dickicht der Nacht. Wenn sie aber einmal eine Beziehung eingehen, hängen sie ungeheuer am Partner. Bei allfälliger Einsamkeit verlieren sie dann Gewicht, was sie zu Objekten menschlicher Depressionsforschung gemacht hat.

Der Erstgeborene ist angehalten, mit Greg eine halbe Stunde täglich zu sprechen, manchmal tut er es tatsächlich, was uns Momente der Rührung beschert.

GUPPY

Ja, die Haustierwünsche meiner Kinder: Der Große und die Kleine haben sich insofern unauffällig verhalten, als beider Herzen sich irgendwann nach einem Hamster sehnten. Der Dsungarische Zwerghamster zog ein. Der verblichene Hamster des Großen hieß Greg. Der Hamster der Kleinen lebt noch, ein rüstiger alter Herr, sein Name ist Strizzi, und wie schon dereinst den Greg versorge auch den Strizzi hauptsächlich ich.

Nun aber der mittlere Sohn. Nach Jahren der haustiermäßigen Indifferenz erkannte er vor Weihnachten, dass er gern ein Aquarium hätte. Das erschien dem Christkind vernünftig, es legte einen Gutschein unter den Baum, und nun, im Jänner, brachen Sohn und ich auf, in die Liechtensteinstraße, wo sich seit vielen Jahrzehnten ein Geschäft namens »Aquarium Wien« befindet. Dort kauften wir ein Becken nebst Luft-, Licht und Wärmeapparaten. Dazu zwei Zwergwelserln »zum Fensterputzen«, wie der Aquarienhändler empfahl, und als Hauptbewohner zwei männliche und drei weibliche Guppys. Die Einrichtung gestaltete sich nicht ohne Aufwand, und seitdem ist uns hier allen nie wieder fad.

Es war der Brite Robert John Lechmere Guppy (1836 bis 1916), bekannt geworden als erster Schuldirektor auf Trinidad, dem bei seinen naturwissenschaftlichen Wanderungen auf der karibischen Insel im fließenden Süßwasser die kleinen farbenfrohen Fische auffielen. Er sandte einige Exemplare ans Britische Museum, wo man die Zwergerln als neue Art anerkannte. Erst später fiel der wissenschaftlichen Community auf, dass der Deutsche Wilhelm Peters die Art bereits als *Poecilia reticulata* beschrieben hatte, dennoch setzte sich Guppy als Trivialname für den Fisch durch.

Guppys besiedeln das nördliche Südamerika und einige Inseln der Karibik. Die Wildform wird zwischen 2,5 (Männchen) und 4,5 Zentimeter (Weibchen) groß. Guppys sind lebendgebärend, und schon früh erkannte man, dass *Poecilia reticulata* der ideale Aquarienfisch ist, der bei Temperaturen um die 25 Grad leicht gehalten und gezüchtet werden kann. Zahlreiche Zuchtformen des Guppys sind seither entstanden, darunter äußerst farbenprächtige und solche mit beeindruckenden fächerförmigen Schwanzflossen. Durch die weitverbreitete Haltung ist das Verhalten der Art höchstgradig erforscht, auch und gerade, was ihr Geschlechtsleben angeht. Fazit: *Poecilia reticulata* gelten als »Sexmaschinen des Tierreichs« *(Süddeutsche Zeitung)*. Die Herren scheinen stets zum Geschlechtsverkehr aufgelegt, und die Damen haben wiederum die Eigenschaft, eher Männchen zu erhören, die schon bei anderen Weibchen erfolgreich waren.

Bei uns daheim in Erdberg führt dies nun dazu, dass alle paar halben Stunden mein zweitgeborener Sohn »Papa, komm zum Aquarium« schreit, um mich auf Auffälligkeiten hinzuweisen. Die Entwicklung verlief bislang derart, dass sich eins der Männchen klar als Alphatier erwies und den Kollegen derart brüsk von Weiberln und Futterbröserln abhielt, dass dieser schließlich vor ein paar Tagen bekümmert verstarb.

Dafür sind alle Damen schwanger. Mein wachsamer Sohn hat die Trächtigkeitsflecken zweifelsfrei erkannt. Wir freuen uns schon.

AAL

Weihnachten, Jahreswechsel, Feste der Freude, Hochämter der Familie, Idealbilder der Kuscheligkeit! Gleichwohl psychologische Klippen für alle jene Menschen, die der Freude, der Familie und der Kuscheligkeit nicht anlassbezogen huldigen können und also von den Tagen am Ende des Kalenderjahres überfordert sind. Je nach Wesenslage beginnen hier die Überlebensstrategien: Trinker trinken, Raucher rauchen, Einsiedler ziehen sich in Wälder zurück. Mein Vater selig hatte, wie ich an dieser Stelle schon einmal beschrieben habe, eine spezielle Strategie. Er verzehrte große Mengen an fettem Fisch. Und so wie er, wie berichtet, zum Christfest stur auf paniertem Karpfen beharrte, wandte er sich zum Jahreswechsel etwas noch Entlegenerem zu: dem marinierten Aal. Zahllose Neujahrstage sehe ich mich in unserer Küche bei einem kargen Striezel sitzen, während sich mein Papa, wortlos und doch spirituell abgehoben, glänzende, zylinderförmige Fischstücke in den Mund schob, dabei eines der faszinierendsten Tiere des Erdballs weiter dezimierend.

Anguilla anguilla, der Europäische Aal, ist in der Tat kein Fisch wie jeder andere. Er verdient höchste Aufmerksamkeit, nicht nur, weil er in den letzten Jahrzehnten durch Überfischung selten geworden ist. Das schlangenförmige, im weiblichen Fall bis zu anderthalb Meter lange Wesen ist, vor allem was sein Fortpflanzungsverhalten angeht, weltweit einzigartig. Neugeborene Aale erblicken das Weltlicht nahe den Bahamas in der Sargassosee. Diese sogenannten Weidenblattlarven beginnen sodann eine dreijährige, von der Kraft des Golfstroms unterstützte Reise über den Atlantik, bis zu den Mündungsgebieten der europäischen Flüsse.

Als sogenannte Steig- oder Gelbaale wandern sie dann flussaufwärts bis in ihre eigentlichen Habitate. Dort, im Binnenwasser, werden sie zu adulten Exemplaren, den sogenannten Blankaalen. Sie sind Kleintier- oder Fischfresser – keineswegs hingegen ernähren sie sich, wie das drastische Pferdekadaver-Bild von Günter Grass suggeriert, von Aas. Nach Erreichen der Geschlechtsreife beginnt die Reise zurück ins Meer. Die Aale ziehen flussabwärts, dabei wandern sie oft kilometerweit über feuchtes Land, wobei sie durch die Haut atmen. Auf der Reise wandelt sich ihr Körper auf verblüffende Weise und wird zu dem eines Meeresbewohners. Die gelblich braune Färbung weicht einem silbrigen Blaugrau, der Sehsinn passt sich an die Gegebenheiten im Ozean an. Während der zweiten Atlantiküberquerung bildet sich der Verdauungstrakt von *Anguilla anguilla* komplett zurück, die Tiere fressen nicht mehr, einziges und letztes Ziel ist die Hochzeit in der Sargassosee. Nach dem Ablaichen sterben die Fische, die bis dahin ein Alter von bis zu fünfzig Jahren erreicht haben.

All das wusste ich schon damals, und doch habe ich es meinem Vater nie erzählt. In seiner Hingabe an den Fisch, dessen Körper in Einzelfällen aus einem Drittel Fett bestehen kann, war er gleichermaßen kindlich wie unerreichbar. Um ihm nahe zu sein, zwang ich mich manchmal, ein Stückerl zu probieren. Aber anders als beim Karpfen, dessen Verzehr ich mir nach dem Tod meines Vaters meinerseits angewöhnt habe, ist der Aalgenuss nie so zu meiner Gewohnheit geworden.

Der arme Fisch ist selten. Und er schmeckt mir nicht so gut.

ZIEGENMELKER

Wir gingen jüngst mit unseren Kindern durch die Lobau. Der (in Zeiten dreifacher Adoleszenz nicht leicht auszuverhandelnde) Deal war derart, dass alle drei Kinder den Großteil eines verlängerten Wochenendes machen durften, was sie wollten, dafür würden wir am Sonntag gemeinsam an die Luft gehen. Aber dann verplemperten meine Liebste und ich selbst weite Teile des Sonntags, und wir brachen viel zu spät auf. Es dämmerte.

Wir nahmen den Weg durch die Untere Lobau, parkten beim Ölhafen, zweigten beim Schwarzen Loch vom Damm ab und schlugen uns durch krautiges Gebiet zum Mittelwasser durch. Der Rückweg führte uns an den Gestaden des Donau-Oder-Kanals entlang. Als wieder die ersten Öltanks wie riesige Brüste hinter den kahlen Silberpappeln auftauchten, hatte uns bereits die Nacht geschluckt. Da hörte ich den Ruf: »Erreerrreeerrreeereeeee!« Scheppernd, schleifend, fast mechanisch, ohne dabei lästig zu sein, eher von einer tiefen Traurigkeit. Ich blieb stehen: »Es ruft der Ziegenmelker!«, sagte ich meinen Kindern. – »Papa, bitte!«, antworteten sie.

Auf der Fahrt heim nach Erdberg dachte ich noch über *Caprimulgus europaeus* nach, den man im Osten Österreichs eher als die Nochdschwoebm kennt, wenn man ihn überhaupt jemals kennenlernt. Der bräunlich gesprenkelte, nachtaktive Vogel hat in etwa die Maße einer großen Amsel, ist dabei aber langflügeliger und -schwänziger. *Caprimulgus europaeus* ist die einzige Art aus der Familie der Nachtschwalben in Mitteleuropa. In Nordamerika kommen deutlich mehr Spezies vor, darunter die berühmte Schwarzhals-Nachtschwalbe, die Hank Williams besingt: »Hear that lonesome whip-poor-will, he sounds too blue to fly.«

In Europa hingegen argwöhnte schon der römische Gelehrte Plinius der Ältere, der Vogel, der nachts die Herden umflog, würde die Milch der Ziegen trinken und das Vieh somit verderben. In Wirklichkeit zogen die Herden Insekten an, und die hungrigen Ziegenmelker folgten diesen nach. Aber das Misstrauen (das im Abendland grundsätzlich den nachtaktiven Tieren gilt) war etabliert, und dass *Caprimulgus europaeus* noch immer eine europaweit recht verbreitete Art ist, verdankt er wohl seiner versteckten Lebensweise. Adulte Vögel sind bestens getarnt, ob sie nun auf einem Ast, im Laub oder auf einem Zaunpfahl sitzen, der Flug ist blitzschnell und lautlos, und die aus zwei Eiern bestehenden Gelege sind unauffällig in flachen Bodenmulden verborgen.

Wir kamen in Erdberg an, und ich schritt zu meinen Büchern. Ja, da stand es: »Erreerrreeerrreeereeeee!« macht er, der Ziegenmelker. Aber da stand noch etwas: Ausnahmslos alle europäischen Individuen sind Zugvögel und verbringen die Zeit zwischen Oktober und Mai im Süden und im Südosten Afrikas. Es schien also unmöglich, *Caprimulgus* im Jänner am Ölhafen zu lauschen. In meinem desparaten Zustand rief ich M. an, den wohl kundigsten Bird-Watcher und -Listener unter meinen Bekannten. Er lachte auf, als ich mein Erlebnis erzählte, und sagte, an genau diesem Ort sei er selbst fast drauf reingefallen: »Ein defekter Lüfter auf einem Öltank«, sagte er, »aber der klingt wirklich romantisch.«

Na ja, dachte ich bei mir, irgendein Ziegenmelker, sagen wir, in Kapstadt, wird schon Schnackerl gehabt haben.

GEISTERMOTTE

Unlängst ward mir ein glasklarer Blick zurück in meine Kindheit vergönnt: Ich sah mich selbst nass, klamm und bibbernd am bereits abendlich dämmernden Fluss- oder Altarmufer stehen, wo ich dereinst heimische Lurche jagte. Da fiel dann mein Blick auf ein spukhaft-schönes Insekt, eine weiße, pelzige Motte, die nah am Wasser unschreckhaft auf irgendeinem feuchten Rindenstück saß und, was auffällig war, die Fühler züchtig über dem Kopf zusammengefaltet hatte.

Irgendwann, als ich erfolglos, also ohne neuen Frosch, heimkehrte, schlug ich stattdessen diesen Nachtfalter im Bestimmungsbuch nach. Es handelte sich um den Großen Hopfen-Wurzelbohrer *(Hepialus humuli)*, auch Geistermotte genannt.

Wahrscheinlich hätte ich nie mehr an dieses schöne Insekt gedacht, wenn ich nicht unlängst über einen bizarren Sammlerkrieg im Himalaya gelesen hätte. Dort nämlich, vor allem in Tibet, suchen jedes Jahr unwahrscheinlich viele Menschen einen dort und nur dort vorkommenden Pilz namens Yartsa Gunbu, der als Immunstärker und Potenzmittel in der traditionellen chinesischen Medizin so hoch im Kurs steht, dass er Preise erzielt wie bei uns nur die Trüffel. Die Gier nach diesem Pilz ist so groß, dass sich die Sammler nunmehr gegenseitig die Schädel einschlagen.

Der Pilz ist ein fieses Wesen, das die Raupen eines Himalaya-Wurzelbohrers, also eines nahen Verwandten der Geistermotte, befällt, vollkommen aushöhlt und dann wie eine Art kleiner Baum aus der hohlen Raupe herauswächst. Insgesamt ein, wie ich finde, bizarrer und wenig schöner Anblick. Mittlerweile ist schon die New Yorker Schickeria süchtig nach den Pilzen, und das arme Wirtstier, die Wurzelbohrer-Raupe, hat es so zu Berühmtheit in einer kranken Welt geschafft.

Liebe hiesige Geistermotte, sei froh, dass dir das erspart geblieben ist. Ich würde dich gern wiedersehen, und wenn es wärmer wird, werde ich dich suchen.

LEDERLAUFKÄFER

Es gibt diese paar magischen Tage, früh im neuen Jahr, deren Anmut und gleichzeitige Gefahr ich nicht müde werde zu besingen: der falsche Frühling. Heuer war es vielleicht sogar nur ein einziger Tag in der zweiten Februarhälfte, ehe die eisige, ukrainische Front über Österreich fiel – auf einen falschen Frühling folgt ja stets ein Backslash, ein letztes, oft erbittertes Aufbäumen des Winters.

Der westliche Wienerwald war noch verschneit. Aber die Sonne heizte Zweistelliges auf den Grat des Hermannskogels, den mein Wanderfreund K., Maler und Praterunternehmer, und ich besteigen wollten. Wir gingen in Begleitung des Hundes Prinz, eines rabenschwarzen Chow-Chows mit veilchenfarbener Zunge. Als wir durch den Schnee um die letzte Kurve stapften, die good old gothic Habsburgwarte schon in Sichtweite, verhielt der Hund plötzlich wie versteinert. Als ich auf der Suche nach der Ursache den Blick schweifen ließ, erstarrte ich ebenfalls. Über den jungfräulichen Schnee schritt eines der größten Insekten, das ich jemals erblickt hatte. Es war ein Riesenkäfer, auch ohne Geweih locker von Hirschkäfergröße, schwarz und irgendwie runzlig am enormen Panzer. Wie in Trance und, wie mir vorkam, mit erlahmendem Gang bewegte er sich über den verschneiten Weg. Ich nahm ihn auf, und er saß ruhig und groß auf meiner Handfläche. An den Fühlern konnte man sehen, dass er wohl ein Vertreter der großen und verzweigten Familie der Laufkäfer sein musste. Das Licht des falschen Frühlings hatte irgendeinen Reaktor im Inneren des Käfers in Gang gesetzt, und nun wandelte er erstaunt über Schnee. Unter einer überhängenden kleinen Wechte sah ich ein Nest aus Laub und Erde. Ich bohrte ein Loch und ließ den Käfer hineingehen. Sodann bezwangen K., sein Hund und ich den höchsten Punkt der Bundeshauptstadt.

Später lernte ich, dass kein anderer als *Carabus coriaceus* auf meiner Hand gesessen war, der legendäre Lederlaufkäfer. Bei weiter Verbreitung in Europas Laub- und Mischwäldern wird er dennoch immer seltener, und es ist ein Geschenk, einen zu treffen. Die Familie der *Carabidae*, der der Lederlaufkäfer entstammt, hat allein in Europa sechstausend verschiedene Spezies hervorgebracht.

Der Käfer, der aufgrund seiner nubukartig gerunzelten Flügeldecken seinen Namen bekommen hat, pflegt abgesehen von etwaigen Energieschüben im Rahmen des falschen Frühlings eine nachtaktive und durchaus räuberische Lebensweise. Weichtiere, Würmer und Aas werden genommen, in der Not frisst *Carabus coriaceus* auch einmal Obst. Als wirksame Maßnahme kann der bis zu fünf Zentimeter große Waldbewohner ein stinkendes Sekret absondern, das den Widersacher abstößt. Die im Sommer schlüpfenden Larven verpuppen sich im weichen Untergrund, bis die fertigen Käfer schlüpfen. Lederlaufkäfer werden bis zu drei Jahre alt.

In der warmen Jahreszeit lassen sich vom aufmerksamen Beobachter einige schmucke Verwandte von *Carabus coriaceus* in Österreich entdecken. Die Palette reicht vom farbenprächtigen Goldlaufkäfer bis zum mit acht Zentimetern noch enormeren Riesenlaufkäfer, der eher mediterran lebt, aber bisweilen auch in Kärnten angetroffen wird.

Wanderfreund K. und ich beschlossen jedenfalls, sommers in der Nacht auf den Hermannskogel zurückzukehren, um vielleicht unseren ledernen Freund wiederzutreffen. Und wenn nur der Hund ihn sieht.

NACHWORT

»Ab meinem achten Lebensjahr wollte ich Biologe oder Zoologe werden, ich habe mich nur für Kröten, Frösche und Reptilien interessiert. Ich hab sie gefangen, bestimmt und in Terrarien gehalten.« Ernst Molden wuchs als Sohn des Widerstandskämpfers, Journalisten und Verlegers Fritz Molden und der Autorin Hanna Molden in einer Villa in Wien-Döbling auf. Die vielbeschäftigten Eltern haben wenig Zeit für ihn, der Bruder ist sieben Jahre jünger. *»So war ich recht vereinzelt unterwegs – in einem riesigen Garten, für mich allein. Und so hab ich mich eben diesen Viechern gewidmet.«*

Ernst ist dann kein Zoologe geworden, aber seinen Viechern treu geblieben. Als junger Lokalreporter bei der *Presse* hat er das Handwerk des Geschichten-Erzählens gelernt. *»Ich entdeckte ein Grundgeheimnis, das auch heute noch beim Schreiben meiner Lieder gilt: Wie unterscheidet sich deine Reportage von allen anderen Reportagen zum selben Thema? Indem du irgendwas entdeckst, was die anderen nicht haben!«*

Ernst Molden ist, neben vielem anderen, der Lokalreporter der »Nischenviecher«. Er ist derjenige, der die nur scheinbar faden Viecher überhaupt erst sieht. Die lateinischen Namen, die jeweiligen Vorlieben für Nahrung und Lebensraum und vieles mehr kann man in den Bestimmungsbüchern nachlesen, die Molden stetig konsultiert. Entscheidend aber ist, wo und wie er seine Viecher entdeckt, seine ganz persönliche Begegnung mit ihnen. Diese macht die Geschichten interessant, unterhaltend, berührend – und relevant.

Und die Viecher sind überall, wenn man auf sie achtet: die

Amsel in der namenlosen Morgenstunde vor der Jesuitenkirche, das Silberfischerl im Erdberger Badezimmer, der legendäre, weil so riesige Lederlaubkäfer auf dem Weg zum Hermannskogel, das erste Tagpfauenauge der Saison im Grünen Prater oder die Gelsen in den Donauauen. Sie sind allgegenwärtige Opportunisten, die sich dem Menschen angepasst haben und von ihm profitieren, oder sture Traditionalisten, die treu auf ihren überkommenen Ansprüchen und Gewohnheiten beharren und daher heute selten und bedroht sind. Wie die Würfelnatter im stillen Wasser jenseits der Donau, die inzwischen vielleicht auch dort schon verschwunden ist. Manchmal existieren sie nur im wissensbeladenen Kopf, wie der Ziegenmelker in der winterlichen Lobau, der sich am Ende der Geschichte als defekter Lüfter auf einem Öltank entpuppt.

So sind die Viecher mitten im Leben, das das Leben eines Stadtmenschen ist. Molden lebt vor, dass Großstadtliebe und Naturverbundenheit kein Widerspruch sind, jedenfalls nicht in Wien. Das Schöne ist, dass der Leser dabei mitleben kann. Auf diese Weise erfährt man auch vieles über diese Stadt und ihre Umgebung. Man erfährt etwas über Moldens Arbeit (»*das Praterbüro im Sommer*«), über seine Liebste und die »Brut«.

Somit ist »Das Nischenviech« auch ein kleiner Ersatz für Moldens frühere Rubrik »Wien Mitte«, die er zum allgemeinen Bedauern des Publikums nicht mehr fortführt. Aber es gibt die Geschichten als Buch, und was über dieses Buch gesagt wurde, gilt auch für »Das Nischenviech«: »*… ein Meister der Kurzstrecke, er schafft es, mit großer Beständigkeit, die Leser zu kleinen Spaziergängen zu animieren, führt sie zu gewöhnlichen Orten in Wien und lehrt sie, Besonderes zu sehen … mit unglaublichem Sprachwitz, Wortspiel und -akrobatik, gewürzt mit einer Prise Mundart und großzügiger Zugabe von viel Schmäh … ein Soundtrack, der swingt, steppt und jede Menge Spaß macht.*«

Mit seinen Liedern, seinen Konzerten, hat Molden inzwischen sein Publikum gefunden und hat, immer mehr, den verdienten Erfolg. An der Universität wäre er wahrscheinlich nicht glücklich geworden. Auf dem Weg zur Exzellenz zählen die internationalen Publikationen. Als Biologe verdient man sich heute den hohen, karrierefördernden *Journal Impact Factor* am besten mit Arbeiten im Labor oder vielleicht noch in den Tropen. Jedenfalls dort, wo auch viele andere forschen, und das sind – international gesehen – nicht der Wienerwald, Erdberg oder die Donauauen. Dort zu sein, wo alle hinstreben, das war nie die Sache Ernst Moldens, auch nicht in der Musik. Ist es Zufall, dass die Lieder Ernst Moldens in den staatlichen Radioprogrammen Ö3 oder Ö-Regional eine ähnlich große Wertschätzung erfahren wie auf unseren Universitäten das kontinuierliche und liebevolle Sich-Befassen mit den heimischen Viechern?

Die Wissenschaft ist »wertfrei«, der Dichter nicht. Darf es für ihn auch unsympathische Tiere geben? Eigentlich nicht, meint Molden, *»im franziskanischen Sinne klösterlich erzogen«*. Wenn er trotzdem mit dem unsympathischen fauchenden Höckerschwan ein Problem hat, *»fühlt (er) sich schon schlecht, beäugt vom strengen Blick des Sankt Franziskus«*. Sankt Franziskus würde vom Bruder Schwan sprechen, er war allem, was existiert, innerlich verbunden. Doch wer hat mit seinen Brüdern keine Probleme?

Moldens ausgesprochene Verbundenheit mit seinen Viechern ist mehr als ein sympathischer Zug eines empathischen Poeten. Sie rührt am Kern unserer Umweltprobleme. Denn unser heutiges allgemeines Nicht-verbunden-Sein hat Konsequenzen, für die Viecher wie für uns. Dazu sagt der heutige Franziskus – in Sachen Umwelt schonungslos – in seiner Enzyklika »Laudato Si«: *»Wenn wir uns der Natur und der Umwelt ohne Offenheit für das Staunen und das Wunder nähern, wenn wir in unserer Beziehung zur Welt nicht mehr die Sprache der Brüderlichkeit und der*

Schönheit sprechen, wird unser Verhalten das des Herrschers, des Konsumenten oder des bloßen Ausbeuters der Ressourcen sein, der unfähig ist, seinen unmittelbaren Interessen eine Grenze zu setzen.«

Genau das ist unser Problem. Ernst Molden propagiert die *Sprache der Brüderlichkeit und der Schönheit* – auf seine leichte, poetische, coole Art. Sie rettet die Welt noch nicht, aber sie ist eine Voraussetzung für die Rettung der Welt.

Carl Manzano, August 2018

INHALT

FRÜHJAHR

SOMMER

HERBST

WINTER